LE RIVAGE LE PLUS SÛR

DU MÊME AUTEUR
CHEZ LE MÊME ÉDITEUR

La Maison aux chiens, Prix Jean Anglade du premier roman, 2023.

Caroline Hussar

LE RIVAGE LE PLUS SÛR

Roman

TERRES DE FRANCE

Les Presses de la Cité

92, avenue de France – 75013 Paris
ISBN 978-2-258-21030-1
Dépôt légal : septembre 2025

Aux anciens de Sediver.
Votre combat fut exemplaire.

Le rivage est plus sûr, Abiah, mais j'aime me battre contre la mer — je compte les épaves amères qui gisent dans les belles eaux, et j'entends les vents gémir, mais oh, j'aime le danger !

Emily DICKINSON,
lettre à Abiah Root (1850)

PARTIE I

1997-1998

1

Les murs blancs de sa chambre ont une texture de présure ; ça retient la poussière dans les creux, ça lui donne de l'asthme, parfois, quand s'y déposent les résidus du bois qui s'épluche dans la chaleur du poêle, de l'autre côté de la cloison, dans la pièce principale. En comparaison, les quelques meubles et le sol paraissent très foncés. L'armoire en chêne diffuse généreusement son odeur âcre sur tous les vêtements qu'il y plie. Et les larges lattes du parquet craquent, presque noires, huileuses, froides le matin sous ses pieds quand il quitte le grand lit en noyer avec ses draps du même blanc et l'oreiller trop vite jauni sous le frottement du gras de ses cheveux ; il n'arrive jamais à le ravoir totalement – mauvaise idée, ce blanc.

Mais tout est encore plus blanc, ce jour-là. Le volet intérieur, qui ferme mal, a été repoussé par le chat ; ce dernier regarde au-dehors, son large postérieur posé sur le rebord de la fenêtre. Il a neigé pendant la nuit. Il s'y attendait. Déjà, hier soir, le ciel était rouge, annonciateur des nuages bas qui déversent à présent leurs plumes sur la plaine. Il ne faut pas qu'il rate ça. Il se lève. Il est torse nu. L'élastique de son caleçon gondole sur ses hanches étroites. Après la nuit, sa peau est fripée comme un vieux drap. Ses pieds raclent le parquet luisant dont les imperfections blessent sa peau amollie par l'hiver. Il retrouve ses charentaises sous la chaise cassée au coin du lit. Elle ne peut plus servir à s'asseoir mais accueille encore un livre, une lumière, un mouchoir sale, son paquet de clopes, une boîte d'allumettes. Il enfile les chaussons, passe un pull en laine qui va l'aider à attendre que le feu réchauffe la maison. Ça sent l'âtre mort pendant la nuit, le tabac froid et, bientôt, le café. Il s'en sert un grand bol qu'il tient d'une main, une cigarette dans l'autre. Il est debout face à la porte vitrée qui apporte une maigre lumière dans la pièce au plafond sombre et bas. Il la guette. Il connaît son rituel, le même à chaque première neige depuis qu'il vit ici. Elle n'est pas encore trop vieille pour y renoncer. L'air absent, il l'attend, le regard perdu dans les platanes le long de la route de Saint-Yorre, au fond de son terrain. Dépouillées de leurs feuilles, leurs branches nues ressemblent à des poings hérissés de griffes.

Sa voisine finit par apparaître. Leurs deux maisons n'étant séparées par aucune clôture, il peut la voir sortir sur la véranda branlante dans le prolongement de son arrière-cuisine. Elle est toute petite, ronde comme une boule, les articulations déviées par l'arthrose, jambes arquées et hanches percluses de douleur, surtout au lever. Ses cheveux forment un halo gris et sec autour de son visage paisible, ridé comme une pelure de pomme au four, entièrement tourné vers la volonté qu'exige sa tâche. Elle s'avance dans la cour, sous les gros flocons duveteux qui ont laissé une couche épaisse de blancheur pendant la nuit. Elle est pieds nus sous sa longue chemise de nuit bleu pâle. Il distingue vaguement les formes de son large corps sous le tissu léger. Lorsqu'elle a de la neige jusqu'aux chevilles, elle s'arrête. Longuement, elle se lave les pieds dans la poudreuse, les frottant de ses mains difformes. Un pied, puis l'autre, rougis par le froid. Elle commence à avoir du mal à les atteindre. Quand elle en a fini avec eux, elle prend entre ses mains très rouges une boule de neige, frotte chaque articulation jusqu'aux avant-bras. Il la regarde en fumant sa première cigarette de la journée, alternant une bouffée de nicotine et une gorgée du café qu'il aime avec ce goût de brûlé qui arrache la gorge et tord les boyaux. Il commence à faire chaud dans la maison. La vitre se couvre de buée au contact de son haleine. La vieille se retourne, rentre chez elle à petits pas, les pieds engourdis par le gel. Elle sait qu'il est là, devine son corps à la concentration de buée sur la vitre, lève un bras raide pour le saluer et lui crie de sa voix de sourde :

— Eh, bonjour, Arnaud !

Elle voit sa chevelure épaisse, un mouvement d'avant en arrière, lui rendre son salut. Il lui a demandé, la première fois qu'il l'a surprise, pourquoi elle faisait cela. Elle lui a répondu qu'elle était sujette aux engelures. Un jour, un médecin lui a conseillé de se laver les mains et les pieds avec la première neige de l'hiver. Elle le fait chaque année, depuis. Elle n'a plus jamais souffert d'engelures. Il n'y a pas cru. Il sait qu'elle perd un peu la tête, avec l'âge. Mais il aime l'observer, ne se demande pas si son regard la gêne. Elle n'a jamais laissé entendre que c'était le cas. Qu'il soit là ou pas n'y change rien.

Il entrouvre la fenêtre pour proposer une sortie au chat. Dégoûté par la météo, ce dernier s'en va se blottir sur un vieux pull roulé en boule par terre, à côté du feu, entièrement recouvert d'une pellicule de poils ancrés là depuis qu'il se l'est approprié. Arnaud referme la fenêtre et se détourne du spectacle de l'hiver qui l'invite à rester au chaud, lui aussi. Il est l'heure de se mettre au travail, d'aller casser l'eau de sa jument qui aura gelé, il en est sûr, lui remettre du foin. Et puis il s'en ira donner sa leçon à Claire. Il ne sait pas encore s'il a bien fait de la prendre comme élève. Elle lui fait de la peine. Elle sait à peine monter, alors apprendre sur ce cheval si jeune qui lui fait peur, il le voit bien, même s'il la trouve vaillante, c'est tout sauf la bonne manière de procéder. Elle a besoin de son aide, c'est ce qu'il s'est dit. Il faut qu'elle crée du lien, qu'elle y trouve du plaisir. Il lui proposera peut-être une balade, si les chemins sont praticables, car le sol du pré sera trop dur pour qu'il puisse vraiment la faire travailler. Et puis cela permettra à sa propre monture de se dégourdir les jambes ; d'une pierre deux coups. Il s'habille chaudement. Il se douchera quand il rentrera, en espérant que les tuyaux n'auront pas gelé. Il a loué ce vieux corps de ferme aux Fourniers, à la sortie de Saint-Yorre, car il y a un pré avec un abri pour Liselotte. Mais s'il a pu se le permettre, c'est parce que la partie habitation n'a pas été réhabilitée depuis une bonne cinquantaine d'années. Les lustres en corolle s'allument en tournant une manette sur les interrupteurs de porcelaine reliés à des fils apparents qui courent le long des murs et pendent du plafond. On y a installé l'eau chaude, mais les tuyaux de cuivre auraient dû être changés. L'isolation laisse à désirer. Ça ne le dérange pas. La maison, une pièce principale et la chambre attenante avec sa petite salle d'eau, est propre et abordable. Il s'y est installé avec le chat, a aménagé un local pour le matériel de la jument et un atelier pour les outils qui lui permettent d'entretenir les extérieurs. En cas de problème, le mari de la voisine, qui est également son propriétaire, est toujours enclin à l'aider. Arnaud ne travaille plus en centre équestre : il gagne mieux sa vie en donnant ses leçons particulières, et garde son indépendance.

Allez, il faut y aller. Arnaud enfile ses bottes fourrées et son long manteau Barbour huilé, coiffe sa tignasse d'une casquette d'hiver dont il déploie les cache-oreilles, et sort dans la bourrasque qui jette une poignée de flocons sur les tomettes brillantes de l'entrée.

2

Claire avait dix ans en 1995, quand son père, Pierre-Yves, fut nommé adjoint au maire pour la première fois. Elle se souvient très bien de l'élection municipale et de la soirée de dépouillement qui a précédé cette annonce. Celle-ci s'était tenue dans son école primaire, dans la classe des plus grands élèves. Une salle à l'ancienne, aux bureaux de bois meurtris par les mines de compas des générations d'enfants ayant posé leurs derrières sur leurs bancs inconfortables.

Ce soir-là, sa mère, Évelyne, l'avait installée à un bureau au fond de la salle en lui recommandant la plus grande discrétion. Le tableau mobile, que le maître faisait rouler d'un bout à l'autre de la pièce à longueur de journée pour l'orienter soit vers les CM1, soit vers les CM2 – petits effectifs obligent –, avait été réquisitionné par le conseiller municipal chargé du comptage des voix. Deux des adjoints au maire sortant avaient vidé les urnes sur les bureaux de l'avant de la salle, lisant à voix haute le nom figurant sur chaque bulletin de vote. Le secrétaire de mairie répétait les noms de sa voix nasale avant de tracer des bâtonnets à la craie sous les cases qu'il avait dessinées sur le tableau noir cerclé de métal, correspondant aux deux listes en balance. Dans le casier du bureau où elle était assise, Claire avait trouvé une feuille froissée et un stylo Bic vert parmi les copeaux de crayons fraîchement taillés et les rognures de gomme coincées entre les lattes de bois. Elle avait défroissé la feuille et s'était occupée à y reproduire avec application les résultats qui se dessinaient peu à peu.

L'épaule appuyée dans l'angle de la porte, bras croisés, son père faisait mine de discuter d'un air détaché avec l'un de ses colistiers, celui qui devait devenir le prochain maire. Pour l'occasion, il avait brossé ses cheveux en arrière, laissant apparaître la découpe de ses tempes en accent circonflexe qui présageait sa future calvitie. Sa chemise blanche était froissée. Les premières grosses chaleurs de juin et les émotions de la journée avaient orné ses plis de traînées plus foncées qui s'étendaient jusque sous ses aisselles. Sa mère ne s'écartait pas de lui, droite comme un I dans sa robe portefeuille écrue, déplaçant à intervalles réguliers son poids d'un pied sur l'autre afin de soulager l'échauffement produit par les semelles trop fines de ses sandales à talons.

Par les larges fenêtres qui ornaient la façade sud de la salle de classe, un soleil bas finissait de chauffer l'atmosphère enfiévrée propre à ces rares soirées électorales durant lesquelles deux listes s'affrontaient – la plupart du temps, une seule était soumise au vote, ce qui limitait l'effet de surprise des annonces de fin de soirée.

Quand Claire y repense, elle se rappelle la sensation d'importance et de fierté ressentie alors, à la fois parce qu'elle était la seule enfant présente et parce qu'elle avait l'impression de participer à ce qui lui semblait être la mécanique secrète de la démocratie, alors même qu'elle se trouvait du côté des vainqueurs, forts d'un succès qu'ils allaient ensuite célébrer au mousseux dans la salle du foyer rural attenante à la mairie. Elle s'était endormie tard dans la nuit, blottie dans la veste abandonnée plus tôt dans la soirée par son père, bercée par le ronronnement des voix de plus en plus fortes à mesure que les verres se vidaient.

Dire que leur vie a changé depuis deux ans qu'a eu lieu cette élection pourrait paraître présomptueux au regard de la taille de la commune. Pour autant, ils ne peuvent plus se promener dans la rue sans se faire interpeller par un administré mécontent de la largeur des trottoirs, de l'heure du ramassage des poubelles, de la qualité du salage de la neige au petit matin devant sa maison, ou préoccupé par la faveur accordée à son voisin alors que lui attend toujours que l'on se prononce sur sa demande de permis de construire, afin qu'il puisse agrandir sa véranda ou creuser une piscine cubique au centre de son carré de pelouse taillé avec soin chaque vendredi soir de sorte que le jardin soit impeccable tout le week-end qui suit.

Cette nouvelle occupation vient s'ajouter au travail de son père, comptable chez Verredis, l'usine locale dans laquelle la plupart des membres de sa famille ont travaillé à un moment ou à un autre, pour une période plus ou moins longue. Claire a toujours entendu sa mère et ses tantes parler des stages qu'elles y ont effectués, pendant leur apprentissage du travail de secrétaire. Ses oncles évoquer leurs heures à la chaîne. Le père Noël de la boîte, unique pourvoyeur de cadeaux en fin d'année. Les voyages organisés par le comité d'entreprise, les seuls que l'on avait pu entreprendre, à l'époque. Il y avait ce clivage, à l'école primaire, entre les enfants des employés de la boîte et les autres. Le père de Sophie Paput semblait y avoir un bon poste. Il lui arrivait de faire des déplacements, parfois même à l'étranger. Sa maison comptait trois étages, signe incontestable d'embourgeoisement. En réalité, il s'agissait d'une des locations mises à disposition des cadres, et l'une des premières à avoir les pieds dans l'eau en cas de crue. Car la boîte a ses quartiers au bord de l'Allier. L'eau est la richesse de toutes les villes avoisinantes. On la ponctionne dans l'une des innombrables sources du coin, lesquelles viennent gonfler le flux des célèbres eaux de Saint-Yorre. Elle ruine la solidité des maisons et les poumons des enfants qui grandissent là. Mais ce n'est pas un problème : on peut les envoyer en cure. Les eaux du coin ont des vertus thérapeutiques, à condition que l'on ne vive pas sur leurs berges.

3

Claire fait preuve de bonne volonté. Ce n'est pas sa faute si son cheval est trop jeune pour elle. Arnaud détecte sa peur dans la crispation de ses genoux sur la selle et dans le basculement de son corps vers l'avant. Pourtant il sait qu'elle pourrait faire mieux. Il l'a vue sur d'autres chevaux. Elle devrait monter un double-poney. Ou un hongre d'un peu d'âge. Sauveur est trop jeune. Heureusement qu'il est gentil, autrement il pourrait la briser. Il ne refuse pas l'obstacle, mais il ne sait pas trop sur quelle foulée l'aborder, saute parfois de tous ses pieds en même temps, un mètre au-dessus de la barre au sol. Claire décolle, mais elle serre les dents et elle y va. Si tout se passe bien, le cheval prendra de l'expérience, et sa propriétaire du métier. Ça devrait aller. Ou pas.

Arnaud réduit le temps de travail pour limiter la casse. Ce qu'il préfère, c'est la regarder s'en occuper, avant et après le cours. Ils ont leur truc à eux, tous les deux. La bête pose ses naseaux sur l'épaule de sa jeune cavalière, dans le creux de son cou. Claire lui parle tout bas. Elle l'apaise en lui grattant l'arrière des oreilles. Sauveur l'imprègne de son odeur pendant qu'elle le masse, lui presse la joue pour en demander plus, glisse son chanfrein le long de la poitrine adolescente. Elle l'accueille dans ses bras. Peu à peu la tête du cheval se fait plus lourde, il ferme les yeux. Dans un soupir il s'abandonne. Claire tient le coup, malgré le poids qu'il fait peser sur elle. Il bascule contre elle. Elle rit, le repoussant, le réveillant. Ils s'aiment, même s'ils ne sont pas faits l'un pour l'autre, même si c'est trop tôt. Deux enfants qui n'y connaissent rien et font beaucoup d'erreurs. Ils peuvent apprendre l'un de l'autre et grandir ensemble. Ou ils peuvent exploser en vol, se faire mal et se dégoûter l'un l'autre de leur pratique. Se dégoûter l'un de l'autre. Arnaud ne sait pas encore de quel côté la balance va pencher. Il observe. Claire voit bien ce qu'il pense, son mépris pour ces gens qui achètent des chevaux à leurs enfants alors qu'ils n'ont pas le niveau. Il voudrait le lui cacher. Elle n'y est pour rien. Elle n'a pas le profil de la fille pourrie gâtée pour qui papa fait de gros chèques, comme c'est le cas d'autres cavalières qu'il entraîne. Simplement son père n'y connaît rien, il a pensé bien faire en lui achetant ce cheval qui n'est pas fait pour elle, c'est bien trop tôt. Il n'a vu que cette passion qu'elle nourrit depuis la première fois qu'elle s'est mise en selle, sa première chute aussi, le même jour. Elle s'est relevée, et elle a demandé à prendre des cours. Mais Sauveur, c'est un cadeau qui lui pèse, même si elle est reconnaissante. Claire aime trop, elle a trop d'empathie pour son père, pour Arnaud, pour le cheval. Elle a peu d'expérience, à peine deux ans d'équitation derrière elle. Elle s'est amusée à sauter sur des poneys, elle a des bases correctes de mise en selle. Mais il lui faut apprendre à travailler un jeune cheval qui a encore moins de métier qu'elle. Elle doit se former sur le tas. Arnaud lui explique comment faire travailler Sauveur de sorte qu'il développe une musculature de travail, qu'il vienne tendre son dos et céder dans sa nuque. Elle sait faire, en théorie. Mais son équitation est trop fragile pour qu'elle y parvienne en pratique, elle a encore trop de choses à régler pour s'occuper d'autre chose que d'elle-même, surtout sur le mauvais terrain du pré jalonné de mottes de terre. Le cheval a le nez au vent, creuse son dos. Elle n'y arrive pas.

Pour la détendre, ils partent en balade, parfois, et Arnaud lui laisse sa jument après le premier virage, pose son propre cul sur le cheval à peine débourré qui pourrait envoyer Claire s'éclater sur le sol s'il prenait peur d'une voiture, d'un vélo, ou, pire, d'une moto de cross surgissant pétaradante dans un chemin trop étroit pour s'y croiser. Il ne veut pas la mettre en danger. Elle ne dit rien, mais elle baisse la tête de honte en changeant de monture. Il ne faut pas. Il lui met une petite tape sur le pied une fois qu'il l'a hissée en sécurité sur Liselotte, qu'elle pourrait monter à cru, elle ne lui ferait jamais rien et suit toujours le chemin sans broncher, guidée à la voix entre les allures, TROT-TER, GAAAAALOP, AAAUUU PAAAS… Pendant ce temps il travaille son jeune, l'air de rien, lui apprend à monter son dos, à engager ses postérieurs, le muscle dans le bon sens. Le père n'aime pas trop voir Arnaud sur le dos de Sauveur ; sa fille doit apprendre à le monter, c'est pour cela qu'il le paie.

En balade, il leur arrive de croiser des gamins avec qui elle allait à l'école communale, avant d'entrer au collège privé de la ville voisine dans lequel sa mère a tenu à l'envoyer. Ils la sifflent, la trouvent hautaine sur son cheval. Ils ne sont plus assez bien pour elle, maintenant qu'elle est partie étudier chez les bourges. Ils ne savent rien de ce qu'elle affronte. Que les études, ce n'est pas son truc. Qu'elle en chie au collège, qu'elle galère avec son cheval. Claire voûte le dos, creuse son ventre de ses poings. Arnaud la reprend sur sa position : épaules en arrière, les abdominaux vers le haut, comme si elle était tirée par un fil, les jambes droites, les talons bas ; il lui demande de jouer l'assurance qu'elle n'a pas, de relâcher ses bras raidis, de prendre du plaisir à la monte, d'accompagner le mouvement du cheval avec son bassin. Lorsqu'ils trouvent un bout de pré à peu près plat et sans clôture, ils galopent. Claire se met en équilibre, légère sur ses jambes qui amortissent le galop, au-dessus de la selle elle vole. Arnaud sait qu'il n'y a rien qu'elle aime plus que cette sensation-là, parce que c'est pareil pour lui. Elle a les yeux qui brillent, juste après, les joues roses, des larmes de sueur ruissellent le long de ses tempes. Elle est faite pour ça. Il ne faut pas brûler les étapes, c'est tout. Mais seul Arnaud en a conscience.

4

Claire se réveille avant Éléonore, comme chaque fois qu'elles dorment l'une chez l'autre. Surtout quand c'est elle qui découche, parce que son amie laisse les volets ouverts alors qu'elle, si elle n'est pas dans un noir de four, elle ne peut pas faire la grasse matinée. Une vieille habitude familiale. Chez elle, on ne traîne pas, jamais. Ici, elle pourrait profiter du dimanche, le petit déjeuner s'étalera tout au long de la matinée et des réveils successifs des pensionnaires de l'hôtel, pourtant elle se réveille à sept heures, par réflexe. En attendant que Léo émerge, au plus tôt à dix heures, elle pioche dans la pile de *Chair de poule* au pied de son lit, faisant taire les plaintes de son estomac et les picotements de sa vessie.

Les parents d'Éléonore, Hélène et Philippe, tiennent un hôtel-restaurant dans le style pension de famille, la Colombière, annoncée comme telle par les deux silhouettes de volatiles qui ornent l'enseigne tarabiscotée en fer forgé, à l'entrée de son parking. Au rez-de-chaussée, le restaurant. À l'étage, quelques chambres, deux douches communes avec toilettes attenantes réparties le long d'une rangée de marches recouvertes de moquette rase, les hommes à gauche, les femmes à droite. Au passage, on peut voir les chevilles de ceux qui se douchent si la porte de la salle de bains n'est pas bien fermée. Plus haut encore, l'étage de la famille. La chambre de Léo est nichée dans une tour étroite agrippée à la façade de l'hôtel. On peut même y accéder par un escalier de secours côté forêt. L'établissement surplombe la plaine de l'Allier qui se déroule à ses pieds. Il propose ce qu'on pourrait appeler un *point de vue*. Cela participe à son classement au guide des Logis de France. Il est tout en rondeur, avec des colonnes et des escaliers en arc de cercle, des rosaces et des volutes. Le restaurant lui-même est en ogive, une grande salle tout en baies vitrées, décorée dans un dégradé de saumon et de pêche. On se croirait dans un coucher de soleil permanent, plus ou moins éclatant selon la météo extérieure. Éléonore dit qu'on se croirait dans un vagin. De part et d'autre de l'établissement s'étendent de jolis bosquets gentiment disciplinés, qui se gorgent de l'eau des nappes de l'Allier, tout en gardant au sec les fondations de l'hôtel. Les parents d'Éléonore l'ont acheté bien avant sa naissance et celle de ses petites sœurs. Ils sont tombés en amour pour cette vue. Il faut dire qu'ils avaient visité le restaurant en hiver, sans les moustiques. S'ils ne sont pas originaires de la région, ils ont vécu ici de nombreux printemps et connu plusieurs crues de l'Allier, notamment celle de 1995, durant laquelle on a dû utiliser des bateaux pour conduire les enfants à l'école plusieurs jours d'affilée.

L'amitié entre Claire et Éléonore s'est scellée le jour de leur entrée au collège. Il n'y a pas eu de grand événement fondateur. Elles ne se sont pas reconnues comme des âmes sœurs par-dessus les visages angoissés des autres élèves. Il est peu probable qu'elles se soient même vues dans la grande salle d'étude où l'on avait parqué tous les sixièmes ce jour-là, avant l'appel général et la répartition des effectifs. Cela s'est fait de manière plus prosaïque : leurs noms se succèdent dans l'alphabet. Éléonore Berger et Claire Chevalier. Elles se sont retrouvées l'une derrière l'autre dans le rang de leur classe. Puis, s'identifiant vite comme les deux seules nouvelles d'un groupe qui se connaissait depuis le primaire, parce qu'elles jetaient des coups d'œil inquiets autour d'elles et ne parlaient à personne, elles ont décidé d'un regard de s'installer côte à côte à une table double près de l'une des fenêtres, Éléonore contre la vitre, Claire vers l'allée centrale. Il est possible aussi que Claire, juste avant, tandis qu'elle suivait Éléonore dans le rang, ait trouvé rassurants ses cheveux châtains soigneusement tressés de part et d'autre d'une raie nette, d'où s'échappaient une ou deux mèches, et sa mise sage, un brin sévère, pull gris à col rond sur le col Claudine du chemisier et jean droit trop grand sur des Kickers marron. Le lendemain, Éléonore arborait des Vans, un large pantalon de skateur et un tee-shirt vert à manches courtes superposé sur un second, noir, à manches longues. Ses vêtements de la veille avaient été choisis par égard pour sa grand-mère, ancienne professeure de mathématiques dans leur collège, de noblesse désargentée, qui l'avait accompagnée ce matin-là. Ce qu'une tenue peut enclencher…

Le week-end suivant, Éléonore a invité Claire à dormir chez elle. Claire lui a offert un journal intime avec un cadenas doré, comme pour un anniversaire. Au moment de prendre leur douche, Éléonore lui a confié avec un sérieux de cathédrale qu'elle était en pleine puberté. Quand Claire a avoué ne pas savoir ce que cela signifiait, parce que l'on n'employait pas de tels termes dans sa famille, son amie a retiré sa culotte et exhibé ses poils pubiens. Claire a fait de même et Éléonore a hoché la tête dans un signe d'approbation. Elle en était, elle aussi. Claire s'est dit qu'elle avait beaucoup à apprendre. Éléonore aimait mener la barque. Elle avait tout de suite apprécié la dévotion de Claire à son égard. Et si elle la trouvait parfois trop raisonnable, ou trop naïve, elle devait admettre que Claire était marrante, et qu'elle aimait passer du temps avec elle. Elle arrivait même parfois à en oublier la dignité qu'est supposée afficher une jeune fille en pleine puberté. Elles rirent beaucoup, ce premier soir. Et elles ne se quittèrent plus.

Dix-huit mois plus tard, Claire est toujours là, à attendre que Léo se réveille. Elle s'agite, s'énerve, son temps est précieux. Elle le vole à Sauveur, elle ne doit pas le gâcher. Plus tard dans la matinée, sa mère viendra la chercher, et il faudra enchaîner sur l'entraînement, le pansage, l'entretien de son matériel. Léo, elle, dort comme une adolescente. Pourquoi s'obliger à se lever, alors que l'attend un long dimanche de paresse ? Elle bouge un peu, mais c'est seulement pour se pelotonner davantage dans la couette. Claire pose le *Chair de Poule* qu'elle a terminé, en prend un autre. Il faudrait vraiment qu'elle aille aux toilettes.

5

Claire et ses parents habitent sur l'autre berge de l'Allier, dans la plaine, une maison posée bien à plat sur cette terre qui offre ses eaux à la ville de Saint-Yorre. À plat car dépourvue de sous-sol et faible sur ses fondations, puisque la rivière n'aurait pas permis que l'on creuse sous ses jupons. C'est la deuxième d'un ruban d'habitations identiques construites dans une impasse qui suit les méandres du cours d'eau et mises à disposition de ses employés par l'usine. À travers le regard d'un étranger à la région, il serait aisé de se laisser berner par l'aspect de ces demeures relativement vastes, hautes de plafond, pouvant accueillir des familles nombreuses qui ne s'y sentent pas à l'étroit. Les baraques paraissent cossues. Mais, en s'approchant, on peut voir le crépi gris gondolé jusqu'aux plus hautes marches des perrons, dont la teinte s'éclaircit à mesure que l'eau cesse sa montée – on peut ainsi identifier les crues plus ou moins agressives qui ont assailli les habitations –, et la moisissure qui suinte des murs, au-dedans. Le linge sèche mal, il a toujours une odeur mouillée. L'hiver, la cheminée habillée de briques réfractaires réchauffe et assèche les lieux, purifie l'air en chassant l'humidité derrière les vitres perlées de vapeur aux contours noircis de salpêtre. L'été, la chaleur de la plaine de l'Allier s'en charge, mais en contrepartie elle vaporise ses moustiques dans le jardin à l'herbe brûlée et craquante ; d'ailleurs, le salon de jardin en pierre a été remisé sous le grand saule pleureur qui s'épanouit dans ce terrain, fangeux la plus grande partie de l'année.

Ce jour-là, il fait si beau qu'il fait sombre. La lumière est mouchée par un soleil trop ardent. Éléonore et Claire se sont réfugiées dans la balancelle enrubannée d'une moustiquaire jaunie. Elles attendent que passent les heures les plus chaudes de l'après-midi, tanguent au rythme des grincements de la structure de métal rouillée sous l'assaut des ans et de la rivière. Tête contre tête, jambes en l'air sur le dossier recouvert de coussins moelleux, tout comme l'assise sur laquelle elles transpirent, elles se parlent sans se regarder, les yeux perdus dans les plis du chapiteau qui les abrite du soleil et empêche le moindre courant d'air de les atteindre. Claire a gardé un pied au sol pour actionner la balancelle. Leur conversation est ponctuée de longs silences ; parfois, l'une d'elles sombre dans un endormissement dont vient la tirer la voix de l'autre, qui prend alors dans l'oreille de celle qui la reçoit une sonorité caverneuse.

Dans l'un de ces silences, Éléonore annonce :

— Je vais arrêter les cours de guitare.

— Oh non, pourquoi ? Je croyais que ça te plaisait ?

La voix de Claire est pâteuse. Pour se réveiller, elle se redresse sur un coude, cherchant les yeux de Léo, qui s'obstinent à se perdre dans les volutes de moisissure dessinées sur le toit de la balancelle.

— Ce n'est pas que ça ne me plaît pas, mais je vais devoir rentrer tôt chez moi le soir pour m'occuper de mes sœurs après l'école.

— Ah bon ?

Claire se tait, attendant une explication qu'elle n'ose pas demander.

— C'est ma mère. Elle a un cancer du sein.

Claire, qui s'est rallongée, se fige. Par terre, son pied s'immobilise, cessant de les balancer. Elle entend Éléonore se mettre à pleurer. Elle pense au jour, cet hiver-là, où elle a eu ses premières règles. C'était un mois après Éléonore, deux mois après Marie-Lucie – c'est cette dernière qui donne le ton au collège, car elle est en avance sur tous les plans, a fortiori dans le domaine hormonal. Marie-Lucie fréquente Éléonore parce qu'elle la met en valeur et qu'elle a un certain potentiel ; quant à Claire, elle la tolère parce que l'une ne va pas sans l'autre. Les deux filles avaient raconté à Claire qu'elles avaient toutes deux eu leurs règles chez elles, un soir, et que chacune avait été assistée par sa mère dans la gestion de la situation. Elles avaient eu le temps de s'y faire avant de se confier la nouvelle sur la place devant le collège où elles s'attendaient chaque matin avant d'aller en cours. Pour Claire, cela ne s'était pas passé ainsi. Elles se trouvaient toutes les trois dans les toilettes du collège pendant une récréation. Éléonore et Marie-Lucie étudiaient leur grain de peau dans le miroir en discutant. En baissant sa culotte, Claire avait vu une tache marron séchée et cartonnée. Elle s'était rhabillée en panique. Était sortie des toilettes et avait descendu l'escalier comme une folle. Éléonore l'avait suivie. Elle l'avait arrêtée en bas des marches et l'avait serrée dans ses bras pendant que Claire fondait en larmes sans trop savoir pourquoi. En lui essuyant le visage, Léo avait souri et lui avait dit : « Ce n'est rien, c'est bien… Un jour, nous ferons de beaux bébés ! » Puis elle l'avait bercée comme une maman parce que la sienne n'était pas là, jusqu'à ce que Claire lui sourie en retour.

Claire change de position et vient se coller contre la moiteur d'Éléonore, la prend contre elle. Son amie enfouit la tête au creux de sa poitrine et s'agrippe à elle, pleure longtemps.

— Comment ça va se passer ? demande Claire quand Léo s'est calmée.

— Ils vont lui enlever le sein pour retirer la tumeur. Ensuite, elle devra suivre un traitement. Elle va perdre ses cheveux. À part ça, le médecin dit que le pronostic est plutôt bon.

— Tant mieux...

— Mais elle risque d'être fatiguée, poursuit Éléonore. Mes parents vont sans doute devoir embaucher quelqu'un en plus, au restaurant. Mon père m'a demandé de l'aider avec les filles. Surtout avec Mélissa. Elle est encore petite, elle a besoin d'attention.

— Donc, plus de guitare.

— Non. Pendant un an... Ensuite, je devrais pouvoir reprendre.

6

Le cancer, avec le recul, ce n'est pas ce qui a été le plus difficile. L'opération s'est bien déroulée. La chimiothérapie a privé Hélène de ses cheveux, mais elle ne s'en est pas si mal accommodée, a noué un foulard sur son crâne chauve. La plupart du temps, elle n'a pas été trop malade. Elle a pu continuer de travailler entre les cures de chimio, assurant la gestion de la salle de restaurant, donnant ses instructions pour l'entretien de l'hôtel, même si elle a dû réduire son temps de travail et se ménager des pauses dans la journée afin de se reposer. Il lui est même arrivé d'aller chercher les filles à l'école dans son Renault Espace. Puis, un jour, le traitement prend fin. Ses cheveux repoussent. Et alors elle s'éteint, comme une chandelle mouchée.

Elle qui a travaillé toute sa vie avec une énergie incroyable ne peut plus se lever le matin, se traîne toute la journée comme une loque, se force à s'occuper de ses plus jeunes filles, y renonce le plus souvent pour les confier à leur grande sœur et aller dormir. On lui parle de dépression et on l'envoie chez le psychologue, puis le psychiatre. Elle en ressort avec un traitement supplémentaire qui ajoute à son apathie une lenteur d'élocution. Elle a la bouche pâteuse, des résidus blancs au coin des lèvres. Elle prend beaucoup de poids. Il faut fermer temporairement la partie hôtel de la Colombière, qui demande trop de travail. Le père gère le restaurant depuis les cuisines, comptant sur l'assistance de son personnel et de sa fille aînée, qui se lève désormais le week-end pour mettre la table au restaurant avant d'assurer le service en salle. À présent, quand Claire vient passer la nuit du samedi chez son amie, elle l'aide au service le dimanche matin.

Un de ces dimanches, alors que les deux grandes se sont levées tôt pour dresser les tables, Hélène parvient à se réveiller et à descendre prendre le petit déjeuner avec eux. Les parents président au repas, chacun à un bout de la table. Hélène est avachie sur sa chaise, mais elle se force à répondre du bout des lèvres quand on s'adresse à elle. Puis il y a cette tendresse avec laquelle son mari depuis une bonne vingtaine d'années lui parle par-dessus la conversation des filles, avec des mots qu'on ne prononce jamais chez Claire.

— Ça ne va pas, hein, ma douce ?

Ce n'est pas une question.

— Va te reposer, si tu te sens fatiguée, je gère les filles.

Il essaie de l'atteindre, mais elle est trop loin. Elle essaie de lui sourire, sans succès, puis finit par suivre son conseil et retourne se coucher. Après son départ, l'atmosphère devient pesante. Claire se sent mal à l'aise et déplacée d'avoir assisté à un échange aussi intime entre les deux époux. Philippe sort de table. Lorsqu'elles se retrouvent seules dans la grande salle de restaurant vide, Éléonore explose :

— Non mais, tu as vu comme elle le traite ? Elle ne fait aucun effort ! Et lui, tu crois pas qu'il pourrait la forcer à se bouger un peu ? Il la ménage trop, c'est insupportable. Elle est guérie, maintenant, il faut qu'elle se reprenne, qu'elle s'occupe des filles… J'en peux plus…

Elle fait tomber un chandelier qui répand des copeaux de cire froide sur la nappe, la maculant de gras. Il va falloir la changer.

— Sors prendre l'air, je m'en charge, lui dit Claire.

Elle remplace la nappe et remet le couvert. Comme Léo ne revient pas, elle passe voir si tout va bien en allant déposer le linge taché à la buanderie. Elle trouve son amie en train de fumer avec l'apprenti de son père qui prend sa pause derrière la cuisine. Claire ne l'aime pas. Il a ce que sa mère appelle une *attitude*. Grand, criblé d'acné, ses longs cheveux gras rassemblés en queue de cheval pendant son travail en cuisine, il sourit peu et se donne un air tourmenté qu'elle le soupçonne d'avoir étudié sur des pochettes de CD. Éléonore le trouve intéressant. Elle se confie beaucoup à lui, prétend qu'il sait l'écouter et la comprendre.

— Il t'écoute parce qu'il en veut plus, assure Claire.

— Tu rigoles ? T'as vu sa tête ? On dirait une immondice !

Et c'est ainsi qu'elles le nomment entre elles, depuis : Immondice. Claire, qui le connaît mal, n'a même pas retenu son vrai prénom. Au fond, elle est jalouse de lui, de ce qu'Éléonore lui confie et qu'elle lui tait à elle parce qu'elle la trouve trop sage parfois, et qu'elle redoute son jugement. Immondice lui fait écouter Nirvana et Lauryn Hill, lui donne des cours de guitare lorsqu'ils trouvent un peu de temps entre deux services.

Pendant deux ans, Éléonore joue le rôle de mère pour ses deux sœurs. Sa scolarité en pâtit, mais elle s'en moque. Elle affirme qu'elle fait seulement le nécessaire pour parvenir au bac sans redoubler, puis qu'elle partira le plus vite possible d'ici, peu importe pour où, peu importe pour quoi y faire. Et puis, au bout de deux ans, tout cela cesse. On trouve l'origine de l'état d'Hélène : le traitement hormonal qu'on lui a administré après sa chimio a été surdosé. On le lui change. Elle revient à elle, la brume quitte son regard et tout le monde se remet à respirer. On se dit que tout va revenir à la normale. On rouvre l'hôtel, Hélène retrouve sa place au restaurant et auprès de ses petites filles. Elle remercie sa grande pour son aide. Éléonore reprend sa liberté. Mais on lui a volé deux années, et il va falloir régler l'ardoise.

7

L'usine Verredis est composée de quatre hangars en tôle et en brique, brun, gris et rouge, sans uniformité de taille ou de forme. Ils s'entassent sur une surface qu'on dirait trop petite pour leurs volumes massifs autour de deux tours, dont l'une, d'un blanc immaculé, s'apparente à un phare. L'ensemble est entouré du même mur d'enceinte que celui qui délimite le cimetière. Ses toits dentelés évoquent le coup de crayon maladroit d'un enfant qui aurait tenté de représenter des créneaux mais ne serait parvenu qu'à dessiner des chapeaux pointus. Une rue, des rails de chemin de fer et, tout près, l'Allier. Ici, on travaille le verre. Dans les bureaux, on distingue les ingénieurs, en manches de chemise roulées sur les avant-bras, des syndicalistes, qui arborent des chemisettes à carreaux de couleur.

Pierre-Yves est plutôt de ce bord-là, et le lundi matin il engonce ses bras épais dans une chemisette qui moule son ventre à bière et se serre dans l'un des pantalons en gabardine qu'Évelyne achète par lots à la seule boutique de vêtements pour hommes du centre-ville, tous dans un dégradé de marron plus ou moins clair en fonction des saisons. Son cou bruni par l'effort et le travail extérieur se glisse avec peine dans le col qui meurtrit la peau de dindon du pli sous le menton, irritée par un rasage trop fréquent. Pierre-Yves aime modérément son travail de comptable, mais jamais il ne quitterait l'usine, comme jamais il ne quitterait la ville. Il y retrouve l'esprit d'équipe qu'il a aimé dans sa jeunesse lorsqu'il jouait au rugby, en un temps où l'on pouvait entrer sur le terrain la panse chargée d'alcool et de charcuterie. Il y passait plus de temps à se battre qu'à courir. Pour lui, le passage de l'enfance à l'âge adulte s'est matérialisé par la fin de l'époque du rugby et le début de son apprentissage au service comptabilité de l'usine. Les copains de l'équipe l'ont un peu envié. Il avait des notes correctes, et si son père n'avait jamais envisagé de le laisser bayer aux corneilles sur les bancs du lycée pour décrocher un hypothétique diplôme qui ne lui aurait été d'aucune utilité, il avait pu viser un poste dans les bureaux, et pas à la chaîne. Il n'a pas à subir les trois-huit qui fracassent le rythme de sommeil des employés et les font vieillir avant l'âge. Il n'est pas au niveau des cadres ou des ingénieurs, mais le bureau qu'il partage avec les autres membres de son service est dans le même bâtiment, et il les côtoie. Quand il descend l'escalier métallique en colimaçon donnant sur la grande cour où les bâtiments dégueulent leurs employés après leurs huit heures de travail, il est un peu au-dessus de la mêlée, et c'est sa fierté. Souvent, lorsqu'il quitte l'usine pour aller s'acheter des clopes ou prendre un café chez Francette, sur la place de la mairie, il garde le badge accroché sur la poche de sa chemisette, tout contre son cœur. À quarante-cinq ans, cela en fait déjà vingt-neuf qu'il est dans les lieux, depuis son premier stage. De ça aussi, il est fier. La médaille d'or du travail, que tous les employés briguent, l'attend au tournant. Il prend un quart de Lexomil pour dormir quand il ne trouve pas le sommeil, cela lui évite de penser que sa vie aurait pu suivre un cours moins linéaire. Aux heures des repas, il vante à sa fille la sécurité de l'emploi, ce que la boîte lui a donné depuis toujours, le comité d'entreprise, les voyages organisés, une bonne mutuelle, même pour les dents. Il a pu faire des économies. Même s'il n'est pas propriétaire, il loue leur maison à bas prix et met un peu d'argent de côté dans le but d'acquérir un petit pavillon en lotissement. En attendant, il a pu acheter le cheval de sa gamine. Il peut même lui payer des cours particuliers.

Il n'imagine pas, Pierre-Yves, que Claire aurait sans doute préféré suivre ces leçons dans un centre équestre, avec d'autres gamins de son âge, se casser les fesses sur des selles mal entretenues et raides comme des planches, subir le bizutage de la tournée des box pendant les stages, revenir à la nuit en sentant le crottin, les ongles noirs et cassés, les lèvres gercées et les cuisses écarlates en plein hiver, le bronzage sélectif en été. Qu'elle aurait peut-être préféré monter des chevaux de club, de vieilles choses à la bouche insensibilisée, et se plier à la tradition du gâteau au chocolat à apporter la semaine suivant chaque chute ; le débourrage du cavalier, en somme. Elle a un peu honte de la facilité qui lui est offerte et dont elle a l'impression de faire si mauvais usage, avec son niveau encore faiblard. Arnaud, lui, décèle l'amour du père pour sa fille dans ce sacrifice peut-être inconsidéré mais louable. Il voit l'abri qu'a construit Pierre-Yves sur un terrain hérité de son père à l'écart de la ville, le foin et les aliments de bonne qualité, les tournées du vétérinaire et du maréchal-ferrant, les produits anti-mouches, les couvertures l'hiver. Il voit l'amour de la jeune fille pour l'animal, le temps qu'elle lui consacre, les efforts qu'elle fournit. Il aimerait effacer son air contrit, lui signaler le plaisir qu'il surprend dans les brefs moments où cavalière et bête trouvent un terrain d'entente. Quand Sauveur cède et que Claire recueille entre ses cuisses et ses mains la tension du cheval au travail, le dos actif, les membres légers. Même si ça ne dure pas, même si elle devra retourner le chercher, encore et encore, au bout d'innombrables heures de dressage qui lui dessinent les abdominaux et lui aplatissent les fesses.

8

Vichy est une vieille dame bourgeoise. Ses monuments en constituent le râtelier doré. Ses parcs verts, impeccablement entretenus, sont comme un chignon lissé sur le haut du crâne, tiré pour tendre la peau des joues et fermé par une large barrette en écaille. Son opéra est un manteau de fourrure. Les thermes, un sac Vuitton de trente ans d'âge. Ses allées de boutiques et de galeries d'art, un chemisier de soie crème. Ses nombreux salons de thé, un parfum capiteux. Les bords de l'Allier, très soignés ici, sont sa promenade ; les abords de la gare, un oignon dissimulé dans des chaussures Isotoner cabossées par la déformation des pieds qui s'y cognent. Et dans ses parcs, quand vient le soir, les bruits des coups de feu que l'on diffuse pour en chasser les étourneaux résonnent comme les piques assassines que pourrait lancer cette vieille femme, d'une voix tout sauf élégante, si elle décidait d'ouvrir son bec.

À l'instar de beaucoup de petites villes, il est difficile d'y rester anonyme. Le dimanche en particulier, alors que ses boutiques sont les seules ouvertes de la région, ville thermale oblige, et que tout le monde vient s'y promener pour y être vu.

Évelyne semble ne vivre que pour ce jour. Toute la semaine, elle travaille comme secrétaire de direction à l'usine Verredis. Chaque soir elle prépare son Tupperware pour le lendemain midi. La moitié du temps, elle se nourrit de restes mal réchauffés. Elle se couche tôt, sauf le vendredi et le samedi, où elle s'autorise un film policier tout en faisant son repassage, tandis que son mari enchaîne les réunions à la mairie et que sa fille regarde des séries dans sa chambre depuis que Pierre-Yves a cédé à sa requête d'y avoir une télé, puisque de toute façon il lui passe tout – mais quand même, Claire reste avec elle quand ils passent un épisode du commissaire Maigret. Le samedi, Évelyne nettoie la maison du sol au plafond, va jusqu'à récurer les plinthes à la brosse à dents une fois par mois. Le samedi soir, tout est net, rangé, aligné. On pourrait s'écraser sur les vitres en les croyant ouvertes tant elles sont propres. Alors, le dimanche, elle aussi a droit à sa *journée de repos*. Ce jour-là, elle *s'habille*. Il faut déjeuner tôt, parce que, après, on ne trouvera plus de place pour se garer. Si son mari traîne trop à finir ses tâches matinales autorisées jusqu'au dimanche midi – tondre, tailler la haie – elle l'attend, assise à table. Elle bout en silence. On ne lui enlèvera pas *ça*.

C'est *son* moment. Claire et Pierre-Yves regimbent. Ils n'aiment pas aller en ville. La fille ne supporte pas le monde, encore moins de faire la tournée des magasins pris d'assaut par tous les Clermontois qui se rapatrient vers la seule commune du coin proposant une certaine animation le dimanche. Il lui faut subir les essayages de sa mère pendant des heures, alors qu'elle préférerait être chez elle ou, mieux, s'occuper de Sauveur. Le père, lui, se fait sans cesse arrêter par les administrés qui ont les mêmes habitudes dominicales que sa femme. Une tannée. Pourtant ils ne cherchent pas à se soustraire à ce rituel auquel Évelyne tient tant, ils s'enorgueillissent même de lui accorder ce passe-temps superficiel qu'ils méprisent un peu. Après tout, il faut bien penser à elle aussi. Ils la plaignent presque de ne pas partager leurs loisirs, d'être exclue de leurs goûts si proches. Évelyne aurait préféré vivre en appartement à Vichy. Elle trouve l'Allier plus disciplinée ici qu'à Saint-Yorre, avec ses berges joliment aménagées, bordées de maisons de ville. Et puis c'est trop d'entretien, cette maison avec jardin. Un balcon fleuri de géraniums avec une table de salon de jardin métallique lui aurait suffi. Peut-être pourra-t-elle convaincre Pierre-Yves de revoir ses projets quand il sera en préretraite. En attendant, elle arpente les rues de Vichy tous les dimanches, tentant d'y acquérir les tenues qu'elle envie à ces femmes dont elle sait d'avance si elles sont d'ici ou non, rien qu'à leur manière de les porter.

9

Dans la partie du restaurant abritant le logement de la famille d'Éléonore, il y a cette pièce dans laquelle les filles regardent la télévision. Est-ce qu'on pourrait l'appeler le salon ? Ce n'en est pas vraiment un. Plutôt un bureau, peut-être. Il n'y a qu'une petite table dans un coin, sans chaise. Et un vieux canapé fatigué habillé d'une couverture rêche, qui fait face à une étagère où est logé un volumineux téléviseur, entouré de cassettes VHS et de la collection complète du magazine *GEO* depuis sa création, propriété du père, qu'elles recopient sans vergogne dans leurs exposés. C'est d'ailleurs ici que Claire et Éléonore ont construit leur premier projet commun, sur d'épaisses feuilles Canson de couleur qu'Hélène stocke à toutes fins utiles, ce qui paraît impensable à Claire, dont la mère ne stockerait que des boîtes de raviolis, au cas où. Il s'agissait d'un exposé sur *Le Chien des Baskerville*. Claire n'avait jamais entendu parler de ce livre avant que son amie suggère ce thème. Elle le relira, de loin en loin, tout au long de sa vie. Plus tard, Éléonore lui avouera qu'elle ne l'a pas ouvert ; elle s'est contentée du téléfilm.

C'est dans ce petit salon qu'elles font leurs devoirs ou regardent des rediffusions d'*Urgences* le samedi après-midi, en mangeant des tartines d'un foie gras qui ne peut plus être servi aux clients du restaurant car la date limite de consommation est dépassée et en buvant du jus multifruit. Un délice, ce mélange foie gras-jus de fruits. Claire en gardera l'habitude en grandissant. Elles y regardent aussi *La Trilogie du samedi* pendant leurs soirées pyjama. Les petites sœurs de Léo se couchent tôt et les parents, qui travaillent toute la soirée, ne surveillent pas l'heure du coucher des grandes, contrairement à ceux de Claire. Le dimanche, fatiguée et triste, elle rentre chez elle, retrouve la maison silencieuse, l'esseulement. Elle sort s'occuper de Sauveur pour ne pas faire face au vide, à l'absence de cette fratrie qu'elle envie à son amie.

Éléonore, de son côté, aime venir passer des soirées dans la famille bien rangée de Claire. Les premières années, du moins. Elle aime les repas en commun à heures fixes. Regarder le policier du vendredi soir. Juste de l'autre côté du couloir, la chambre des parents qui s'endorment tôt et qu'il faut prendre soin de ne pas réveiller durant les virées nocturnes dans le placard à gâteaux de la cuisine.

Une présence qu'elle juge enveloppante quand son amie la trouve oppressante. Et pas de petites sœurs à gérer, pas de cris, pas de pleurs. Pas de rires, non plus, pense Claire, mais quand Éléonore est là il y a assez de rires pour combler le silence.

Ce jour-là, elles se couvrent l'une l'autre. En général, Claire fait ses devoirs à la maison ou va travailler chez Éléonore avant d'aller monter Sauveur. Ses parents ne l'attendront pas. Chez Éléonore, on est informé qu'elle doit travailler chez Claire, et personne n'aura le temps d'aller vérifier l'information. Et il n'y a aucun risque que l'un de leurs parents passe dans le quartier situé à l'arrière de la gare. Léo a convaincu Claire de l'accompagner ; en échange, elle lui a promis de venir la soutenir pour le premier concours de Sauveur.

Sur le trajet depuis le collège, le ciel est gris et rose. Le soleil froid de novembre perce par moments à travers la bruine légère qui volette dans l'air en mouvements désordonnés. Claire tente de protéger ses lunettes de l'humidité tandis qu'elles gagnent le lieu de rendez-vous en empruntant les rues les moins passantes. Elle en porte depuis la rentrée, sa vue ayant subitement baissé. C'est une horreur lorsqu'elle monte à cheval, ce champ de vision embué par la chaleur ou strié de pluie. Elle a l'impression que le monde a rétréci, même si, d'un autre côté, elle adore la sensation de pouvoir enlever ses lunettes et ainsi se couper de la réalité.

Au carrefour, elles passent devant un magasin de piscines au rabais alignées au bord de la route. Une vase s'est formée au fond de leurs coques vides. Dans l'une d'entre elles flotte le cadavre d'un rat. Un peu plus loin, elles longent des allées de garages aux murs tachés de pollution qui débouchent sur un terrain vague. L'entrepôt où elles ont rendez-vous se trouve à l'arrière. On y accède par une rangée de rails inutilisés depuis de nombreuses années, sur lesquels stationnent encore de vieux chariots abandonnés. Par là, on entre dans un hangar où sont encore entreposées des chaînes de montage dont elles ignorent quelle a été un jour l'utilité. Il n'y a jamais personne ici, la salle est trop à découvert. Il y fait froid. À leur arrivée, des bestioles invisibles s'enfuient furtivement dans les herbes hautes qui ont poussé contre les murs.

Éléonore pousse la porte du fond pour atteindre la deuxième salle. C'est ici qu'un skate park a été aménagé avec des portes arrachées, des rambardes d'escalier, des rampes d'accès pour handicapés, des bureaux dont on a retiré les pieds, des pans de Placoplatre inclinés sur des armoires à fournitures. Les façades sont entièrement taguées.

Les autres les attendent dans l'angle de la pièce, perchés sur un reste d'échafaudage. Ils écoutent *The Miseducation of Lauryn Hill*, l'album que les adolescents de leur âge passent en boucle, alternant, en fonction de leur style vestimentaire, avec l'*Unplugged* de Nirvana ou *Première Consultation* de Doc Gynéco. Claire prétend apprécier davantage la musique de Björk ou de Moby, alors qu'en réalité elle écoute Céline Dion et Jean-Jacques Goldman sur son lecteur CD portable, cachée sous sa couette pour que ses parents ne la surprennent pas à écouter de la musique au lieu de dormir.

Les filles s'installent avec les autres, Léo au milieu, près de Marie-Lucie, Claire un peu à l'écart, à ses côtés mais en retrait, adossée au mur. Claire aime sa position. C'est une très bonne numéro deux. Et puis elle pense qu'Éléonore apprécie qu'elle ne lui dispute pas sa place. Elle ignore les efforts que cela implique, d'être en représentation permanente. Il faut maintenir le rythme de la conversation tout en ayant l'air de s'en moquer. Surveiller sa posture, le regard des autres. Savoir de quelle musique il faut parler, quels films avoir vus, quels vêtements porter. Il faut être admirable, au sens premier du terme. Pourtant, si son corps est bien là, au centre du groupe, l'esprit d'Éléonore se concentre sur le bouton d'acné qu'elle a tenté de camoufler ce matin, dans la lumière trop faible du cabinet de toilette qu'elle partage avec ses sœurs et dans lequel le temps lui est toujours compté. L'emplâtre supporte-t-il bien la lumière du jour et les regards qui la détaillent ? Ce sont les autres filles qu'elle redoute, car il faut disséquer pour copier. Par moments, comme là, elle en veut à Claire de se tenir tranquille à les écouter parler sans devoir s'occuper d'animer le débat. Éléonore se redresse, tire sur son tee-shirt pour mouler sa silhouette fine. Bien sûr que Claire ne pourrait pas tenir son rôle. Avec ses loisirs ennuyeux, l'enfance qui s'accroche à ses joues rondes, à ses sourcils qu'elle n'a pas encore épilés, l'absence de maquillage sur ses yeux, ses pommettes. Sur celles d'Éléonore, de minuscules paillettes captent la lumière et les regards. Il n'y a que Thibaut pour regarder Claire avec ses grands yeux bovins. Et elle qui ne voit rien. Claire est tellement habituée à ce que les autres soient sous le charme de son amie qu'elle ne comprend pas qu'il en crève, de sa gentille sollicitude. Et lui qui se tient toujours dans son sillage, empoté comme un écolier, se satisfaisant de s'asseoir près d'elle dans le bus ou de lui faire la bise, matin et soir, quand il l'attend devant le portail de l'entrée principale du collège, alors que son père le dépose et vient le chercher à l'arrière tous les jours, ce qui implique qu'il parte de chez lui dix minutes plus tôt et qu'il le retrouve à sa voiture avec le même retard tous les soirs. Un jour, Claire s'est fait une méchante entorse à la cheville en tombant de cheval. Pendant les quatre semaines durant lesquelles elle a dû marcher avec l'aide de béquilles, il lui a porté son sac à dos. Claire reste persuadée qu'il a fait cela pour s'attirer les faveurs d'Éléonore. Il est tellement timide qu'il n'est pas près d'oser un geste pour la détromper. L'idiot. Éléonore n'aime pas les faibles. Le manque d'audace la fatigue.

PARTIE II

1999-2001

10

De sa chambre, à l'étage, Claire peut voir l'Allier. Pas vraiment l'Allier elle-même, mais l'une de ses métastases. Car si la rivière a son lit sur l'avant de la maison, elle est masquée par le grand virage longeant la propriété, dans le creux duquel est planté un noyer massif qui s'épanouit en buvant bas dans les sources profondes de la plaine. Or à l'arrière, côté jardin, une crue ancienne a créé une boire dans un trou de carrière. Le creux, formé autrefois à même la terre par la main de l'homme, s'est rempli lorsque la rivière est sortie de sa gaine. Les poissons, emportés par la crue, s'y sont cachés car le courant y était moins vif. Lorsque l'Allier a réintégré son lit, l'eau et ses occupants sont restés là, formant ce que l'on appelle une *boire*. Au fil des ans, une végétation fournie a poussé sur ses berges, la cachant aux yeux des automobilistes qui empruntent la route principale menant au bourg et, plus loin, à Vichy. Ce point d'eau, c'est la piscine que Pierre-Yves et Évelyne ne pourront jamais creuser dans leur jardin, le cadeau que leur a fait l'Allier pour se faire pardonner ses dévastations périodiques. Et même s'il ne leur appartient pas, c'est tout comme.

Ce soir-là, bien après que les parents de son amie se sont endormis, Éléonore fume à la fenêtre. Elle observe les miroitements de l'onde sous la lune presque pleine. Claire est assise contre sa tête de lit, les genoux ramenés sous le menton, entourés de ses bras. L'angoisse lui brouille le visage. Le concours est pour demain. Éléonore regarde à nouveau la lune jouer avec les brefs remous. Elle cherche un moyen de lui changer les idées.

— Tu t'es déjà baignée de nuit dans la boire ?

— Jamais.

Claire n'est pas une aventurière. C'est aussi pour cela qu'elle aime Léo, qui l'entraîne dans son sillage comme une queue de comète.

— Viens, on y va !

— T'es folle ?

— Allez, ça va être sympa ! Et il fait tellement chaud...

— On ne doit pas se coucher tard. On part à six heures, demain...

Mais elle commence à faiblir. Elle devrait savoir, à la longue, qu'elle finit toujours par céder.

— Tu ne trouveras jamais le sommeil de toute façon, je te connais. Au moins tu penseras à autre chose ! Allez, viens. Moi, en tout cas, j'y vais !

Éléonore écrase sa cigarette dans un mazagran qu'elle a trouvé dans la cuisine et dont l'aspect rocambolesque l'a séduite. Elle le pose sur le bord de la fenêtre et ouvre sans bruit la porte qui donne sur le couloir. Après s'être assurées que les parents ont bien éteint la lumière de leur chambre, les filles descendent l'escalier en douce. Dehors, même si l'atmosphère est encore épaisse, il y a de l'air. Une grosse lune basse répand sa luminosité froide sur le jardin. Elles marchent dans l'herbe pour éviter les crissements des gravillons de l'allée. La haie parfaitement taillée qui délimite la propriété laisse une ouverture étroite autour du saule pleureur. Elles s'y glissent. Il ne leur faut pas marcher longtemps pour atteindre l'eau. Claire n'est pas sûre d'avoir envie de se baigner. Éléonore la tire sans ménagement.

— Je saute, tu sautes !

Elles ont vu *Titanic* à sa sortie, et Évelyne les a retrouvées debout sur le trottoir où elle leur avait donné rendez-vous après la séance, agrippées l'une à l'autre, en larmes. Elle a cru qu'elles s'étaient disputées. Elles ne s'étaient juste pas remises de la fin du film.

Elles se déshabillent vite. Se tiennent debout, côte à côte, nues sur la berge herbue. Des grillons jouent une musique amie. La nuit est accueillante, pourtant elles parlent bas, afin de ne pas froisser les bêtes de l'ombre. De temps en temps, une chauve-souris les frôle, alors elles poussent des couinements et se serrent un peu plus l'une contre l'autre.

— Bon, on y va ?

Comme toujours, la témérité d'Éléonore se recroqueville devant l'obstacle. Ce n'est pas pour rien qu'elle aussi a besoin de son amie. Claire avance un pied dans l'étendue d'eau en forme d'enveloppe de cacahuète. Les premiers centimètres en surface sont chauds du soleil de la journée. En dessous, la fraîcheur lui saisit la cheville, le mollet, hérisse le duvet de ses cuisses. Elle fait une pause au niveau du ventre et se tourne vers Éléonore.

— Tu peux venir, elle est bonne.

— Comment est le sol ?

— Vaseux, mou, c'est plutôt agréable. Allez, viens, c'était ton idée !

Rassurée par l'essai concluant de sa binôme, Éléonore se rengorge et, pour s'éviter de trop réfléchir, entre dans l'eau en courant, avant de plonger dans les profondeurs sombres et veloutées. Claire se dit qu'elle a toujours du panache. Elle la rejoint à la brasse, tentant de ne pas éclabousser les carreaux de ses lunettes. Le bras d'eau a la taille d'une petite chapelle dont les arbres sont les colonnes, la voûte ouverte sur le ciel. Au milieu, les deux adolescentes se donnent du courage en riant un peu trop quand elles croient sentir quelque chose bouger contre leurs orteils. Elles reviennent vers le bord, là où elles ont pied. Elles n'ont pas pris de serviette dans leur précipitation, elles ont peur d'avoir froid en sortant. Elles s'assoient les fesses dans l'eau pour laisser sécher le haut de leurs corps, appuyées contre la berge. Claire pousse un soupir d'aise.

— Ça fait du bien…

— Mais oui, tu sais que j'ai toujours raison !

Claire sourit. Pendant un temps, elle a oublié le concours du lendemain, son premier avec Sauveur. Elle ignore comment il va réagir au monde, au bruit, à l'environnement inconnu, aux obstacles un peu trop regardants.

— Claire, pour demain…

— Hum ?

— Ne te prends pas trop la tête.

— Je vais essayer. Merci de m'accompagner.

— Tu sais bien que je serai toujours là…

Léo lui prend la main et Claire la serre trop fort. Si son amie est là, ça peut bien se passer.

11

Ils ont garé le van à l'arrière du parking, un peu à l'écart des gros camions de club. Arnaud a préféré éloigner Sauveur des autres chevaux. Lorsqu'ils ouvrent le plan incliné pour le faire descendre, ils le trouvent inquiet. Son encolure est déjà moite, son œil fou tourne dans son orbite, blanc de crainte. Comme Claire est à peu près dans le même état, Arnaud l'envoie s'occuper du matériel de pansage et se charge de Sauveur. Éléonore est restée à l'arrière du 4 × 4 de Pierre-Yves ; elle tente d'émerger de sa courte nuit. De toute façon, sa présence est inutile à ce stade de la journée. Elle soutiendra Claire tout à l'heure, mais ne saurait pas quoi faire avec l'animal qui lui fait peur et dont l'odeur de foin, de crottin, de sueur acide, d'herbe broyée et de poussière la repousse. Arnaud expédie les parents vérifier l'ordre de passage des cavaliers et prendre un café au club-house. Il sait que leur présence serait délétère. Il noue la longe à l'emplacement prévu sur le côté du van et laisse le cheval et sa cavalière se calmer mutuellement pendant le pansage, tandis qu'il sort la selle, le filet, les protections, contrôle que rien n'a souffert du voyage.

Claire brosse longuement la maigre poussière qui a terni le poil cuivré de Sauveur pendant le trajet. Elle lui parle d'une voix caressante, s'apaisant elle-même tandis qu'elle berce sa bête. Elle vient de finir quand Pierre-Yves revient et annonce qu'elle passera en milieu de matinée. Ils ont dû se lever tôt pour embarquer le cheval et faire le trajet. Ils ont du temps devant eux. Arnaud laisse la garde de Sauveur aux parents désœuvrés et part reconnaître le parcours avec son élève. Claire grelotte à ses côtés. Pourtant la fraîcheur matinale s'en est allée. Mais la peur et le manque de sommeil la glacent jusqu'à la nausée. Elle a passé un bas de jogging par-dessus son pantalon blanc de compétition, un gros sweat à capuche sur sa chemise, blanche également. Elle est en baskets. Ses bottes lustrées et sa veste noire de concours l'attendent dans leurs housses dans le coffre de la voiture. Arnaud l'entraîne d'un bon pas dans la carrière, faisant de larges enjambées entre les obstacles pour compter les foulées, lui expliquant comment aborder tel directionnel isolé un peu regardant, comment se comporter dans une ligne : un croisillon, un vertical, puis comment aborder l'obstacle suivant, un oxer placé sur une courbe. Sous les barres, elle identifie les soubassements qui risquent d'inquiéter son cheval.

— Je n'ai jamais sauté de palanque.

— Pour lui, ça ne changera pas grand-chose. Et puis peu importe que tu fasses des barres, aujourd'hui. Il s'agit surtout d'un premier contact. Je veux que tu sois tranquille, que tu prennes le temps de me faire un parcours propre, et que ton cheval comprenne qu'il ne doit pas avoir peur. Il n'y a rien à sauter, dans la catégorie dans laquelle je t'ai inscrite, et c'est volontaire. Je ne veux pas que tu t'inquiètes des barres. Tu ne les regardes même pas. Tu travailles entre les obstacles, il ne doit pas les charger, ni se coucher. Tu prends les virages larges. Le chrono, pour l'instant, c'est pas ton problème. Et avant l'obstacle, tu poses tes mains, et tu le laisses gérer. Il sait faire. S'il a tendance à s'effondrer un peu, tu le redresses, mais je ne veux pas que tu le bloques. Pense à avancer tes mains pendant le saut. Quand tu es stressée, tu as tendance à oublier de le faire, et tu risques de le gêner.

Claire enregistre à nouveau toutes ces informations qu'il lui rabâche pourtant depuis qu'ils ont pris la décision de l'inscrire sur ce premier concours. C'est l'un des derniers de la saison, et ce n'est qu'un essai pour elle. Il n'y a aucun challenge, si ce n'est celui de ne pas planter son cheval dès la première compétition.

Ils libèrent la piste. Les premiers cavaliers sont déjà dans le carré d'entraînement et vont bientôt commencer leur tour. Arnaud veut qu'ils assistent aux premiers passages pour que Claire puisse identifier les pièges du parcours.

— On regarde trois tours et tu vas te préparer pour la détente. Il y a peu de chevaux sur cette épreuve, on peut donc se permettre de détendre un peu plus longtemps que prévu sans être en surnombre dans le manège. Je veux que Sauveur s'habitue à la présence des autres chevaux. Et je veux que tu te calmes, toi aussi !

Claire a un teint de plâtre, de grands cernes agrandissent ses yeux écarquillés par l'angoisse. Arnaud soupire.

— Autre chose…

— Quoi ?

Elle est à l'affût.

— N'oublie pas de t'amuser. C'est ta première fois avec ton cheval, ce n'est pas grave si vous n'y arrivez pas, et tout ne se joue pas aujourd'hui, c'est compris ?

Elle hoche la tête en se demandant pourquoi elle s'inflige cela. Elle retrouve Éléonore dans la voiture, en train de feuilleter le dernier numéro de *Jeune et Jolie*, les jambes en l'air sur le rebord de la vitre qu'elle a baissée pour prendre le soleil. Elle repose le magazine en la voyant.

— Allez, viens te préparer.

Sauveur a pris ses marques dans le petit espace qu'il a fait sien, et trouvé une belle touffe d'herbe dont il s'occupe méthodiquement. Il lève la tête de temps en temps lorsqu'il entend un hennissement ou voit approcher une voiture, mais dans l'ensemble il est calme. Claire retire les vêtements amples qui protégeaient sa tenue blanche, enfile ses bottes et sa veste, tresse ses cheveux et place sa bombe sur sa tête. Le temps est idéal ; beau mais pas encore trop chaud. Devant les écuries, des groupes de cavaliers qui évoluent ensemble s'encouragent et rient. Claire les envie, même s'ils montent des chevaux de club et qu'elle possède le sien. Elle aimerait, à cet instant, faire partie d'une bande. Léo, qui vient la serrer dans ses bras, est sa bande.

— Je te laisse aller t'entraîner, je vais me chercher une bonne place pour que tu puisses me voir t'encourager.

Un peu à l'écart, Évelyne serre les mâchoires, anxieuse. Pierre-Yves prend trop de place, comme souvent. Il parle haut, rit gras. Claire ne sait pas que c'est sa manière de gérer son propre stress. Elle va retrouver Arnaud dans le carré d'entraînement. Ses parents s'accoudent à la barrière. *Laissez-moi seule !* hurle-t-elle intérieurement. Ses jambes sont liquides lorsqu'elle s'installe en selle. Son coach s'approche, fait mine de régler ses étriers.

— N'écoute rien d'autre que ma voix, OK ? Pense à ton cheval, et à mes conseils. Occulte le reste.

Dans le manège, plusieurs cavaliers travaillent déjà leur galop, sautent quelques barres, assouplissent leurs chevaux. Sauveur sautille d'un pied sur l'autre, nerveux.

— Allez, avance ! Fais des voltes, amène-le à étirer sa tête. S'il cogite trop, passe au trot, fais des changements d'allures, des changements dans l'allure, ne lui laisse pas le temps de réfléchir.

Arnaud se répète. À force de la voir si tendue, il commence à se tracasser, lui aussi. Il va saluer un autre entraîneur, lui demande s'il peut se caler sur lui pour que leurs cavalières sautent ensemble, afin de monter les barres en même temps. L'homme est un peu plus vieux que lui. Il soulève sa casquette, lui serre la main, accepte son offre d'un signe de tête. Il lui désigne sa cavalière, une gamine sur un double-poney qui semble en avoir vu d'autres.

— Pas de souci, c'est assez tranquille pour moi, aujourd'hui.

Il observe Sauveur évoluer un moment.

— C'est son premier ?

— Ouais.

— Papa et maman te mettent la pression ?

Il désigne les spectateurs de Claire, placés bien en vue des obstacles, contre le pare-bottes.

— C'est un euphémisme.

L'homme lui sourit. Il a le visage très bronzé sous sa casquette, les coins des paupières ridés de blanc à force de plisser les yeux sous le soleil. Il se tourne vers sa propre cavalière et lui demande de commencer la détente au galop d'une voix forte, mais sans crier. Arnaud se cale sur lui et Claire se met à galoper, ballottée sur la piste au gré des écarts de son cheval dont la tête est si haute qu'il est proche de lui mettre des coups dans le menton alors qu'elle est en équilibre pour aller sauter.

— Fais-toi respecter et mets-le au travail. Il se fout de toi, là !

Claire écoute Arnaud, lâche du lest dans ses mains, laisse sa monture prendre de la vitesse. C'est ce qu'il fallait à Sauveur pour relâcher la pression. Les deux coachs mettent en place deux croisillons et invitent leurs élèves à les sauter à tour de rôle à quelques reprises. Le poney passe les barres comme s'il n'y en avait pas. Sauveur s'envole. Soit il part de trop loin, sur une foulée longue, déséquilibrant sa cavalière qui se fait arracher les rênes et ne parvient pas à lui faire ralentir l'allure après l'obstacle, soit il s'en rapproche trop et saute en cloche. Claire pense alors qu'il va refuser, mais il finit par sauter, et, là encore, elle n'arrive pas à le suivre. Taxi, georgette, taxi, georgette…

— Laisse-le se rapprocher des barres. Attends-le, ne passe pas devant !

Elle trouve son rythme. Après quelques sauts, Sauveur finit par se détendre, et ils peuvent passer à la suite. Il enchaîne quelques verticaux, finit sur un oxer. Arnaud ne veut pas l'épuiser avant le tour.

— Bon, on va le laisser là-dessus pour la détente. Marche-le un peu au pas, je t'attends à l'entrée de la piste.

La deuxième cavalière est déjà partie en direction de la carrière. Trois autres couples évoluent maintenant dans le carré de détente. Claire part faire marcher son cheval dans un chemin qui relie les écuries au manège, pour lui éviter de se mettre à nouveau la pression et d'effrayer la monture qui se trouve sur le parcours en s'approchant trop d'elle. Sauveur pourrait avoir des réactions démesurées de poulain. Déjà, ici, il jette partout des regards alarmés, se soulève de quelques centimètres sur ses postérieurs, préparant sa fuite vers le parking. Inquiète, elle cherche à attirer l'attention d'Arnaud, qui l'attend à l'entrée de la carrière. Elle voit qu'Éléonore s'est approchée de lui, qu'ils se sourient d'un air complice. Elle ne peut pas les entendre de là où elle est, trop occupée à gérer les émotions de son cheval. Ça l'énerve. Elle savait qu'Éléonore devait avoir une bonne raison pour l'accompagner en concours, et qu'elle n'aurait pas tenu sa promesse si elle n'y avait pas trouvé un intérêt personnel. Voilà l'intérêt en question : Arnaud. Arnaud et son port altier de cavalier, ses boucles châtains dorées par le soleil, ses yeux couleur café au lait. Il a une bonne dizaine d'années de plus qu'elles deux, mais cela n'effraie pas Éléonore, qui, de toute façon, a toujours paru plus que son âge. Claire est fumasse et le stress n'arrange rien.

12

Éléonore est venue pour encourager Claire et la soutenir, cela va de soi. Mais si, par la même occasion, elle peut s'offrir des moments seule avec Arnaud, elle n'ira pas cracher dessus. Claire passe des heures avec lui, à faire des balades à cheval, et n'en tire aucun profit, si ce n'est des conseils abscons pour sortir de la sauvagerie cette grande bête maladroite qui occupe toutes ses pensées et dont elle lui parle comme elle le ferait d'un chaton en sevrage.

Elle profite de ce que Pierre-Yves et Évelyne ont préféré s'installer dans les tribunes avec une bonne visibilité sur le parcours pour se rapprocher du coach, qui attend sa cavalière à l'entrée de la carrière. Arnaud a une classe folle, malgré ou grâce à ses tenues d'équitation, ces pantalons qui moulent ses cuisses musclées, le galbe de ses fesses. Même avec les chaussettes remontant jusqu'aux genoux et les grosses bottines usagées qu'il enfile par-dessus, il a du style. Elle se verrait bien passer les mains dans son épaisse tignasse, avant de descendre le long de son large dos. Il fume beaucoup, comme, visiblement, la plupart des entraîneurs, de ce qu'elle en voit ce matin. Elle se glisse à côté de lui, un pied sur l'une des planches de la clôture, pour accentuer la cambrure de ses reins, les coudes tout contre les siens. Il est sombre, soucieux du risque qu'il fait prendre à Claire, elle le sent. Elle s'en sert pour tenter une approche :

— Ça va bien se passer, j'en suis sûre !

Il lui retourne un sourire crispé.

— J'espère que je ne vais pas les avoir plantés tous les deux.

Il a cédé devant l'insistance du père, qui estime qu'il est grand temps de voir les résultats du travail accompli ces derniers mois avec le cheval.

— C'est une première fois, ça ne sera peut-être pas parfait. Moi, je veux juste que Claire ne se fasse pas peur.

Il regarde plus attentivement l'adolescente. Sous ses airs bravaches, elle veille sur son amie. Il lui serre le bras.

— Tu as raison. L'essentiel, c'est de sauver les meubles.

Elle voit qu'elle a marqué un point, se rengorge. L'entraîneur de la gamine qui passe avant Claire s'approche et vient s'installer à côté d'Arnaud. Éléonore se renfrogne. Il ne semble même pas l'avoir vue et se met à discuter avec Arnaud.

— Où est ta cavalière ?

— Elle est partie faire marcher son cheval avant de passer.

— Il m'a l'air un peu vert... Et elle aussi, si je peux me permettre.

— C'est bien ce qui m'inquiète.

— Claire va tout donner pour que ça se passe bien, intervient Éléonore, histoire de leur rappeler sa présence.

Ce type l'agace, elle ne veut pas qu'il prenne Arnaud pour un débutant, ni Claire, ni même Sauveur. Il ne connaît rien d'eux.

— J'en suis sûr, lui répond-il avec un sourire narquois.

Elle le voit avec stupeur retirer la cigarette qu'Arnaud gardait au coin de sa bouche pour tirer dessus longuement. Arnaud, le regard droit devant lui, rougit sous son hâle. L'homme a toujours les yeux sur Éléonore. Il rend la cigarette à son propriétaire en la lui glissant entre les doigts dans un geste caressant.

— Merci pour la taffe. Je vais suivre le parcours de ma cavalière, à plus tard.

Arnaud se contente d'un signe de tête, mais il sourit comme un collégien en fixant le bout de ses bottines. L'espace d'un instant, Éléonore doit réajuster sa pensée à cette nouvelle donne. Puis elle se dit qu'après tout, ce n'est pas si grave. Changeant de posture, elle pouffe de rire.

— Au moins il va droit au but, dit-elle en lui donnant un coup d'épaule complice. Il est plutôt pas mal. Un peu plus vieux que toi, mais mignon.

Arnaud semble mal à l'aise.

— Éléonore, tu veux bien…

— T'inquiète, je dirai rien.

— Pas sûr que ça ferait plaisir à Pierre-Yves.

— Il serait franchement très con. Si j'étais lui, je préférerais savoir que ma fille ne risque rien quand elle part faire un tour dans les bois avec un beau gosse comme toi.

Elle se fait sérieuse :

— Tu peux compter sur moi, Arnaud. Je serai une tombe.

C'est le sourire qu'ils échangent alors que Claire surprend. Dirigeant Sauveur vers eux, elle vient les rejoindre. Ça va être à elle. Ils ne se formalisent pas de son air glacial. Elle est au summum du stress avant son parcours. Mieux vaut la laisser tranquille. Arnaud a juste le temps de lui rappeler qu'elle ne doit pas oublier d'avancer ses mains, puis elle part saluer les membres du jury et se lance dans une volte au galop en attendant la cloche du départ.

Son tour est laborieux, selon Arnaud, douloureux, selon Claire. Elle a beau tenter de mettre de côté l'aspect esthétique, sentir son cheval faire des sauts de cabri au-dessus des barres, des écarts brutaux dans les lignes droites, décoller bien trop tôt avant l'obstacle pour le fuir et s'en débarrasser, pour finir par éclater le chandelier d'un directionnel sur lequel elle l'a mal orienté, tout cela sous le regard d'un public qui n'en loupe pas une miette, est long et pénible. Elle s'efforce de rester dans sa bulle, avec son cheval. Elle lui parle, lui décrit le tour, lui annonce les sujets d'angoisse avant qu'il ne les détecte, lui dit de ne pas s'en faire, qu'elle est là. Elle avance ses mains comme elle peut, tente de récupérer les rênes qu'il lui arrache en se jetant sur les barres. Quand elle en termine enfin, et que l'un des juges la félicite au micro d'avoir tenu jusqu'au bout, elle manque de fondre en larmes. Elle salue la tête basse et quitte la piste.

Lorsque Éléonore la rejoint, elle a déjà retiré la selle et le filet de Sauveur, et s'acharne à dénouer les pions qu'elle a tressés dans sa crinière. Tournée vers lui, elle refuse de faire face à son amie, qui reste à bonne distance du cheval, dont elle se méfie, et de Claire, dont elle peine à évaluer l'humeur.

— Arnaud dit que ça ne s'est pas si mal passé…

— Alors, si Arnaud le dit, c'est que ça doit être vrai !

— Ne me crie pas dessus, s'il te plaît ! J'y connais rien, moi, c'est lui le prof, non ?

— Mais enfin, tu as des yeux ! T'as pas vu comme mon tour était à chier ?

— Arnaud dit que, pour l'instant, le style ne compte pas.

Claire finit par se retourner.

— On dirait que vous avez bien parlé, tous les deux !

— Claire, je comprends pas...

— Pourquoi tu es venue, Léo ?

— Pour te soutenir.

— Pour me soutenir, vraiment ? Ça serait pas plutôt pour passer du temps seule avec lui ? Eh bien, on dirait que tu as eu ce que tu voulais !

— Ce n'est pas ce que tu crois, je t'assure que tu te trompes...

— Peu importe. Laisse tomber.

Claire s'en veut, tout à coup, de faire une scène à Éléonore alors que cette dernière s'est levée aux aurores pour la suivre. Même si elle avait d'autres motivations, il n'empêche qu'elle est là. Qu'elle est toujours là. Et elle ne lui en veut même pas de lui avoir crié dessus.

— Merci d'être venue quand même, peu importe la raison.

Elle reprend le brossage de Sauveur en silence. Derrière elle, Éléonore ne sait pas comment se comporter pour éviter de l'énerver à nouveau. Puis elle sourit.

— Tu sais, ton père a dit que tu avais fière allure, sur le terrain.

— C'est vrai ?

— Yep. Il a dit que c'était un bon début.

Claire sourit à son tour contre l'encolure de son cheval, pour la première fois de la journée. Mais, comme elle n'est pas encore tout à fait remise de sa petite crise de jalousie, elle lance les guêtres ensablées et trempées de sueur de Sauveur aux pieds d'Éléonore.

— Tiens, va me laver ça, si tu veux te rendre utile.

Éléonore les saisit du bout des doigts avec une grimace. Faut-il qu'elle souhaite protéger le secret d'Arnaud pour accepter cette tâche…

13

La réunion du comité chargé de la préparation du réveillon du 31 décembre se tient chez les parents de Claire. À l'ordre du jour : budgétiser l'événement, le coût de l'orchestre et du traiteur, fixer le prix de l'entrée et organiser la vente des tickets. La mairie est propriétaire du parquet et des tables à tréteaux ainsi que des chaises, ce qui permet de faire des économies. Mais il faut louer la vaisselle, en grande quantité. Celle de la cantine ne fait pas l'affaire. Fort heureusement, les décorations achetées cinq ans plus tôt sont encore utilisables. Ils doivent néanmoins prévoir de quoi égayer les nappes et les assiettes blanches : cotillons, napperons en papier irisé... Des bougies ? propose Évelyne. La question mérite réflexion car cela représente un travail supplémentaire pour les serveurs bénévoles – les agents municipaux et leurs conjoints pour la plupart – qui devront alors en assurer l'allumage et le remplacement réguliers. Or, s'ils finissent le service assez tôt, ils pourront ensuite faire la fête avec les convives après minuit. Au petit matin, ils enchaîneront sur la soupe à l'oignon puis se répartiront le nettoyage des lieux et la plonge.

Les économies ont leurs raisons. Si l'on pouvait faire un bénéfice suffisant sur la vente des entrées, cela permettrait de financer le banquet de fin d'année des anciens. Tous les ans, la commune leur offre un bal au foyer rural, un dimanche de fin novembre. Là encore, on fait appel au bénévolat des élus de la commune. Souvent, Claire aide au service ce jour-là. Mais pas le soir du réveillon. Elle déteste ces festivités forcées à deux cents personnes, la salade de gésiers noyée dans la gélatine, le foie gras mousseux, les cotillons et la chenille sur le parquet monté pour l'occasion, le panier de basket qui surplombe l'orchestre dans le gymnase aux murs parés de cocardes bariolées. Depuis toute petite, elle passe la soirée chez ses grands-parents maternels. À minuit, tout le monde dort, et elle évite les étreintes moites et pailletées avec des inconnus. Ils dînent toujours très tôt, autour de la même longue table de salle à manger qu'Évelyne et ses frères et sœurs lorsqu'ils étaient enfants. Le grand-père trône en bout de table, face au téléviseur allumé sur l'émission de variétés de la fin d'année. Claire et sa grand-mère sont alignées à sa gauche pour ne pas se tordre la tête en regardant l'écran. Leur repas de fête se compose de mousse de canard, de viande trop cuite et de frites trop grasses. Un régal. Les deux anciens racontent leurs souvenirs du temps où Évelyne était petite, et où l'Usine, dans laquelle le grand-père travaillait à l'époque, organisait une tournée du père Noël dans les foyers de tous ses employés, afin d'offrir des cadeaux à leurs enfants – lorsqu'ils parlent de l'Usine, Claire l'imagine toujours écrite comme cela, avec une majuscule, comme si Verredis avait une personnalité propre, indépendante de ses dirigeants qui n'ont aucune matérialité à ses yeux. La plupart du temps, les épouses des ouvriers ne travaillaient pas et les bouches à nourrir étaient nombreuses, comme c'était le cas dans la famille de sa mère. Le grand-père est fier de lui dire qu'à chaque Noël ses enfants se voyaient offrir de beaux jouets neufs grâce à l'emploi qu'il occupait – mais qui ne lui permettait pas de les offrir lui-même. Pendant qu'il parle, ou regarde le téléviseur, Claire et sa grand-mère apportent le fromage et le pain acheté le matin même au camion du boulanger. Ce n'est pas le meilleur, mais il vient à domicile, alors c'est celui qu'ils mangent toujours ici, du plus loin que remontent ses souvenirs. En dessert, il y a une tarte préparée avec les fruits décongelés de la cueillette estivale, ou des fruits au sirop réalisés à la même occasion, et puis une papillote pour chacun, histoire de fêter le réveillon. Il fait toujours très chaud dans leur maison typique des années 1960, posée de plain-pied sur son garage et son sous-sol. Le feu crépite dans la cheminée derrière eux, contre le mur du fond du salon très sombre dans lequel Claire n'a jamais vu personne s'asseoir. Après dîner, le grand-père va se coucher. Claire et sa grand-mère regardent l'émission de variétés mais ne parviennent jamais à attendre minuit et se retirent à leur tour dans leur chambre en se promettant de se souhaiter la bonne année au réveil.

Mais pas cette année. Cette fois-ci, Éléonore fait une soirée chez elle. Ses parents n'ouvrent pas le restaurant le soir du 31. Elle leur a demandé de lui laisser les lieux afin de célébrer le nouveau millénaire avec des amis. Les parents de Claire ont accepté qu'elle y passe la nuit. Les concernant, il s'agit du dernier réveillon qu'ils organiseront. Évelyne a demandé à Pierre-Yves de passer la main, symboliquement, à cette occasion particulière, le dernier réveillon des années 1900. L'année prochaine, elle voudrait qu'ils fêtent vraiment cette occasion sans travailler, pour une fois, avec des amis. Il a accepté. La charge de la mairie pèse son poids sur ses épaules. Et il faut qu'il se dégage du temps pour les réunions syndicales à venir de Verredis. Mais cela, il ne le lui a pas encore dit. Mieux vaut lui donner l'impression de céder à ses exigences dans l'immédiat.

14

Marie-Lucie a de gros seins, de grosses fesses, de gros cheveux. Ces derniers pas vraiment gros, bien sûr, mais omniprésents. Quand les filles l'ont rencontrée, elle les ramassait en une longue queue de cheval. À leur entrée au lycée, elle les a coupés dans un carré épais, raie au milieu, brushing arrondi sur les pointes que sa mère lui reprend à la brosse ronde tous les matins. Les garçons ne s'en sont pas remis. Dès la récré suivante, elle a compris qu'elle peut plaire, les a réunis autour d'elle sans avoir à prononcer une parole. C'est ce jour-là qu'ils ont cessé de jouer au foot dans la cour et pris l'habitude de s'asseoir sur un banc, elle sur le dossier, eux tout autour, derrière, dessous, même sur le sol à ses pieds. Claire les observe avec fascination. Ils parlent peu, semblent s'ennuyer ferme, mais apparemment, c'est ce qui les rend populaires. On peut entrer dans cette cour à certaines conditions tacitement prédéterminées :

le pantalon baggy d'une marque de skate pointue, que seuls les initiés peuvent reconnaître, bas sur les reins, à peine retenu par une ceinture tout sauf accessoire, dans le genre corde d'amarrage, le bracelet à piques, le gel pour un effet cheveux gras de bassiste savamment étudié. Claire et Éléonore ont ri, au début, de les voir si semblables dans leur volonté de sortir du lot. C'est l'image du spleen transposée à leur génération, la flamboyance en moins. Peut-être les contemporains de Baudelaire pensaient-ils la même chose. On trouve souvent plus d'attrait au souvenir d'une époque qu'à celle que l'on vit. Mais après en avoir ri avec Claire, Éléonore a lancé une campagne de séduction agressive afin d'être cooptée dans le groupe. Avec cette difficulté supplémentaire qu'il ne faut pas faire d'ombre à Marie-Lucie. Elle a fait valoir un argument de poids : l'arrière-salle du restaurant, qu'elle et ses sœurs appellent entre elles *la salle de bal*, et qu'elle peut mettre à disposition afin d'y organiser des soirées. Pour l'instant, c'est juste une grande salle vide avec un parquet brut couvert de mouches mortes que ses parents envisagent de rénover lorsqu'ils auront le budget ; on l'a condamnée parce que son accès n'est pas pratique depuis les cuisines, qu'il faut refaire l'isolation pour la mettre aux normes et qu'ils ont dû optimiser la rentabilité du restaurant en limitant le personnel après le cancer d'Hélène. Mais il y a cette verrière qui surplombe l'Allier, arrondie, bien entendu, en vitraux de couleur, et la cheminée dans un angle qui vient réchauffer la pièce cernée de simples vitrages dont les rebords mal joints laissent l'accès aux vents coulis. Claire trouve la pièce romantique, Éléonore y voit son moyen d'accéder à l'élite sociale du lycée. Marie-Lucie a accepté l'offrande et l'a intégrée dans sa bande, aussi parce qu'elles ne jouent pas sur le même terrain et ne se marchent pas sur les pieds. Marie-Lucie est lumineuse, là où sa nouvelle recrue est sombre, imprévisible. Évidemment, il a fallu accepter la présence de l'ombre d'Éléonore, Claire la sportive, la copine fade, mais elle ne représente pas une grande menace, et elle ne traîne que rarement avec eux le samedi, parce qu'elle doit s'occuper de son cheval. La reine les a adoubées à une condition : qu'Éléonore organise le réveillon du jour de l'an cette année-là.

Marie-Lucie a un plan, bien sûr. Certes, cette salle est idéale pour profiter de leur réveillon loin des adultes indésirables. Mais le garage de ses parents, dans leur grande maison des beaux quartiers, pas loin du lycée, pourrait tout aussi bien faire l'affaire.

— Alors pourquoi t'avoir demandé de le faire chez toi ? demande Claire à Éléonore en vidant sa pelle pleine de cadavres de mouches dans un gros sac-poubelle.

Elles font le ménage avant la fête, et s'acharnent à essayer de rendre chaleureuse la pièce mal isolée. Elles ont lavé les vitres à grande eau, aménagé un coin fumeurs dans l'alcôve nichée entre les fenêtres de la verrière qui permettront d'évacuer la fumée. Après avoir nettoyé le sol et l'âtre de la cheminée, elles y entasseront le mobilier au rebut du restaurant, conservé à toutes fins utiles dans la remise, au sous-sol. Hélène leur a donné les anciens rideaux bleus qu'elle a remplacés par des voilages pêche lorsqu'ils ont repris la gérance. Elles ont prévu, après les avoir passés à la machine, d'en recouvrir les canapés pour cacher la misère. Quant à la chaîne hi-fi, elles la poseront sur l'angle de la table à tréteaux qui accueillera le buffet.

— Déjà, elle pense qu'on pourra facilement récupérer quelques bouteilles dans la cave du resto sans que ça se voie.

— Tu comptes vraiment faire ça ?

— Bien sûr ! J'ai déjà demandé à Immondice de me mettre quelques packs de bière de côté, et aussi du rhum pour le punch. Une ou deux bouteilles, ça devrait pas trop se voir.

— T'abuses, quand même…

Léo lui lance un clin d'œil.

— Mais c'est pas la seule raison…

— Ah bon ?

— C'est depuis qu'elle est venue dormir à la maison…

— Quand ça ?

Claire ne veut pas être jalouse. Ce n'est pas parce qu'Éléonore a d'autres amis qu'ils vont prendre sa place. Il y en a pour tout le monde. Mais elle, elle n'a qu'Éléonore.

— Je sais plus trop, il y a un mois ou deux. On était allées traîner en ville et je lui ai proposé de la ramener.

— Tu me l'avais même pas dit.

Claire, elle, lui dit tout. Pour ce qu'elle a à dire, d'ailleurs…

— Le prends pas comme ça ! C'est quand tu es tombée de cheval et que tu as débarqué avec ton attelle au lycée le lundi. Avec tout ça, je n'ai pas pensé à t'en parler. Enfin bref, c'est pas ça le plus important. Tu m'écoutes ?

— Mais oui !

— Parce que c'est un gros scoop. Alors surtout, t'es pas au courant, si elle t'en parle, promis ?

— Promis.

Éléonore prend une pose théâtrale, la balayette dans une main, un sac-poubelle dans l'autre. Elle a du noir sur la joue, une toile d'araignée pend du chignon qu'elle a noué sur le haut de sa tête. Elle sait ménager ses effets.

— Tu vas pas le croire…

— Accouche !

— Elle veut que je lui arrange le coup avec… Immondice.

Silence de mort, soudain suivi de hurlements de rires.

— Tu déconnes…

— Je te jure !

— Mais qu'est-ce qu'elle lui trouve ?

Haussement d'épaules d'Éléonore.

— On a fumé un peu avec lui, après le service, derrière la remise.

Sous-entendu : *On s'est défoncés ensemble.*

— Elle veut un dealer ?

— C'est ce que je me suis dit, d'abord, qu'elle voulait se le garder sous la main. Non, apparemment, il lui a vraiment plu. Elle dit qu'il a quelque chose de plus, que c'est quelqu'un qui a souffert, que ça se voit…

Éléonore enchaîne les poncifs avec ironie.

— Enfin tu vois le genre. Bref, elle m'a demandé de l'inviter.

— Et il a accepté de venir ? C'est pas son genre, ce type de soirée.

— Bien sûr qu'il a accepté. S'il y a une chance qu'il puisse se la taper, il va pas se gêner !

— La grande classe.

— Oh allez ! Tout le monde ne se meurt pas d'amour secrètement en attendant le moment parfait pour se jeter à l'eau. Ça peut être fun, aussi.

— Qui se meurt d'amour secrètement ?

— Personne, c'était juste histoire de dire.

Elles rient encore. Éléonore lance un regard circulaire à la pièce.

— Bon, ça commence à être pas mal. T'en penses quoi ?

— On peut accrocher les guirlandes de lumière. Après, ça sera parfait.

— Ça va être le meilleur réveillon de notre vie, ma belle. Tu verras, ça sera inoubliable.

15

Depuis l'été, on annonce la fin du monde, le bug de l'an 2000. Il y a eu cette éclipse, en août, et Paco Rabanne a prédit une apocalypse. En réalité, le jour s'est assombri, comme si le ciel se couvrait d'orage. Chacun a enfilé des lunettes permettant de regarder le soleil en face, accessoire qui a eu son petit succès cet été-là, l'air s'est rafraîchi un moment, puis tout est revenu à la normale. Assez décevant, finalement. À présent, on évoque l'arrivée d'une espèce d'ouragan, mais la plupart des gens lèvent à peine le sourcil, convaincus qu'ils s'endormiront le soir du réveillon pour se réveiller le 1er janvier dans le même monde que la veille, lui aussi bien décevant. Le ciel, cette fois-ci, tient sa promesse. Cela commence entre Noël et l'an, autour du 26. Le vent court sur la plaine, trouvant peu d'obstacles sur son passage. Dans le jardin de Claire, les cheveux du grand saule battent le sol de droite à gauche, comme un vieux guitariste dans un concert de rock. Chez Éléonore, le bois qui entoure la Colombière est parcouru de frissons, à découvert sur sa colline. À la télé, on commence à montrer les grandes villes du Nord aussi fébriles face à la catastrophe annoncée qu'elles le sont face aux épisodes neigeux. Les gens avancent penchés sur les trottoirs, les tables des terrasses que l'on a oublié de rentrer s'envolent. Quand Jean-Pierre Pernaut commence à évoquer les morts causées par les vents violents qui arrachent les arbres et retournent les véhicules comme des fétus de paille, on interrompt la conversation, à table, pour s'intéresser à ce qu'il dit. Il annonce surtout le déplacement de la tempête au sud de la Loire dans les jours suivants. Le 27 au matin, il n'y a plus d'électricité, et le grand saule gît sur le dos, ses racines en l'air, tel un insecte sur le point de rendre l'âme qui agite les pattes pour se remettre dans le bon sens. La guirlande clignotante dont Évelyne l'avait décoré surnage dans la boue. De l'autre côté de l'Allier, qui gronde sur la plaine en s'étouffant avec les troncs épais qu'elle ne parvient plus à avaler, la Colombière offre un spectacle de désolation. La plupart des arbres sont arrachés ou brisés. Un grand sapin a décapité l'une des colombes de l'arche du parking en s'affalant au sol. Ici non plus, pas de lumière. Les soirées qui suivent Noël sont éclairées à la chandelle. Il fait froid dans les foyers sans cheminée où l'on ne peut pas brancher les radiateurs grille-pain d'appoint. On a cru à l'avènement d'un futur lumineux et technologique, et on en est réduit à se recroqueviller chez soi avec ses proches, en faisant cuire dans la cheminée ce que l'on peut sauver des congélateurs en rade. On n'ose plus prendre la route, car les images d'automobilistes écrasés sous les arbres, dernières scènes recrachées par les téléviseurs avant qu'ils se taisent, créent une persistance rétinienne très dissuasive. Nombreux sont les habitants du coin à avoir conservé l'habitude du garde-manger rempli de réserves, briques de soupe, conserves de l'été passé, fruits au sirop, champignons séchés que l'on réhydrate dans l'eau bouillie à la chaleur du feu de bois.

Évelyne monte au grenier chercher les vieilles lampes à pétrole héritées de sa grand-mère, qui ont un temps décoré le buffet du salon puis sont passées de mode. Elle vole la réserve de bougies chauffe-plat du service à fondue. Durant quelques jours, on retrouve des réflexes de temps de guerre. On ignore ce qu'il en est ailleurs. Les familles éloignées ne sont plus joignables. Pierre-Yves est sur la brèche aux côtés des employés municipaux et des pompiers. Il fait la tournée des foyers afin d'apporter de l'aide à ceux qui ne bénéficient d'aucun moyen de se chauffer ou de se nourrir sans le concours de l'électricité. Et puis il ne cesse de pleuvoir et tous les regards se dirigent vers l'Allier, même si personne ne veut s'attirer le mauvais œil en parlant du risque de crue, qui viendrait ajouter une catastrophe à l'autre. Comme toujours, les habitants de la plaine sortent sur leurs perrons et guettent le grondement de la rivière dans le silence de la nuit. Elle ne sort pas de son lit, pourtant. Et l'électricité revient au bout de trois jours, même s'il faut dans certains endroits attendre davantage – les employés d'EDF sont dépassés par l'ampleur de la tâche. Claire et Éléonore, avec l'égoïsme des jeunes de leur âge, ne pensent qu'au moyen de sauver leur soirée du réveillon. Il faut seulement que les employés de la commune et de l'équipement s'activent à débarrasser les routes des arbres qui en encombrent le passage.

16

Claire a eu sa première vraie dispute avec ses parents. Bien entendu, ils ont voulu l'empêcher d'aller à sa fête. La leur a été annulée pour raisons de sécurité. Ils vont se retrouver seuls tous les deux. Avec la plus parfaite mauvaise foi, ils lui ont vendu leur premier réveillon en famille. Elle pourrait s'en étouffer d'injustice. Sans la tempête, jamais ils n'auraient envisagé d'annuler leurs plans pour passer la soirée avec elle. Il y a des portes qui claquent, des pleurs dans l'oreiller, de vieux dossiers mal digérés ressortis pour l'occasion, des promesses intenables de résultats scolaires, des menaces obscures autour des résultats du baccalauréat prochain. Puis les parents d'Éléonore, que l'on appelle en renfort pour confirmer que le bâtiment où se déroulera la fête n'a pas subi d'avaries, qu'ils dormiront chez eux et pourront intervenir en cas de problème – Pierre-Yves et Évelyne finissent par capituler.

Le soir du 31, ils ont ce port de tête des victimes qui vont passer une soirée sinistre mais acceptent avec toute la dignité possible l'abandon de leur progéniture. Claire culpabilise tout le temps du trajet jusqu'à la fête, et encore une fois arrivée sur les lieux, se reprochant son ingratitude à l'égard de parents qui font tout pour elle, pendant que Pierre-Yves fait sa fête à Évelyne sur le canapé en velours vert bouteille, quelle folie quand même, mais autant profiter de l'absence de l'adolescente, qui rend de plus en plus silencieuses et épisodiques leurs empoignades protocolaires cantonnées au lit conjugal.

Et puis, bien vite, l'adolescente en question oublie le chantage affectif de ses parents. Éléonore a souhaité organiser un bal, avec tenue de soirée obligatoire. Claire a trouvé une robe longue en velours bleu nuit, très près du corps mais sagement décolletée, parsemée de strass. Elle a relevé ses cheveux en chignon, quitté ses lunettes qui ne s'accordaient pas avec sa tenue, selon Léo, avec pour résultat que toutes les lumières lui paraissent enveloppées de douceur, et les choses et les êtres d'un flou artistique assez flatteur. À cela s'ajoute la dose de punch qui lui rend pénible de garder les yeux grands ouverts et lui donne l'impression d'évoluer dans de la gelée. Éléonore a enfilé une robe noire à fines bretelles, gardé ses Doc Martens vernies noires, serré un collier en ruban noir sur son cou, d'où pend une croix gothique volumineuse. Elle a lissé son balayage blond très dégradé sur le devant. Les quelques garçons présents n'ont pas pris le thème de la soirée au pied de la lettre, ils portent leurs tenues habituelles. Mais ne se remettent pas, tous, des efforts fournis par les filles qui se sont faites belles pour eux, même si leur groupe est clairsemé, parce que nombre de parents n'ont pas flanché comme Évelyne et Pierre-Yves. Immondice est là, même s'il n'y a pas Marie-Lucie. Et il y a Thibaut, qui n'en revient pas d'avoir trouvé le courage d'inviter Claire à danser, de sentir l'attache de son soutien-gorge sous la robe en velours glissant, sa tête posée dans le creux de son épaule à lui, contre laquelle elle lui a soufflé qu'elle n'y voit rien, elle s'excuse mais elle va devoir s'agripper à lui parce qu'elle a peur de tomber. Il a du mal à savoir ce qu'il pense de son visage nu sans ses lunettes. Ses yeux sont beaucoup trop grands, son regard brumeux. Elle a noué les bras autour de son cou, se balance au rythme qu'il impulse, presque à l'arrêt, caresse de son pouce la base de ses cheveux. Il fait sombre et c'est sans doute ça qui lui donne le courage d'aller chercher sa bouche, ça, et aussi cette chanteuse italienne que Claire adore et qui braille sa solitude adolescente tandis qu'ils se tournent autour dans un coin isolé de la pièce. Ensuite ils s'affalent dans l'empilage de coussins qu'Éléonore a arrangé dans l'encoignure de la verrière colorée – laquelle a perdu deux carreaux dans la tempête, remplacés par Philippe avec des planches de bois sur ordre de sa fille. Dans la pénombre, loin du faisceau lumineux qui émane du feu dans la cheminée, ils passent la plus grande partie de la fête à se rouler des pelles, rattrapant des mois de regards énamourés et de soupirs de désir inassouvi.

La soirée d'Éléonore n'est pas mal non plus. En l'absence de Marie-Lucie, et parce que c'est elle qui reçoit, elle bat le pavé telle une conquérante, au bras d'Immondice, qui l'auréole d'un parfum de mystère et de danger. Sous les lumières tamisées, on voit moins ses cicatrices d'acné, surtout qu'il a détaché ses cheveux, ce qui cache un peu la misère. Il a apporté sa guitare, autre avantage non négligeable, même s'il est trop défoncé pour en jouer. Quand il s'écroule sur le canapé enveloppé des rideaux d'Hélène, les autres garçons présents se sentent autorisés à se rapprocher d'Éléonore. Elle distribue ses faveurs avec parcimonie, histoire de ne rien perdre de sa superbe. Mathieu, un premier de la classe qu'elle trouve charmant mais trop petit, s'avère assez bon guitariste – suffisamment bon pour jouer *Wonderwall* d'Oasis, et c'est bien tout ce qu'on lui demande. Éléonore s'installe au milieu du groupe qui s'est formé autour de lui et le fixe d'un regard explicite, s'amusant de le voir rougir et s'emmêler les doigts, dans lesquels elle finit par emmêler les siens une fois qu'il a terminé le morceau et que le groupe s'est dispersé. À minuit, elle l'embrasse. Il est plutôt doué ; ça la change, qu'il ne sente ni l'alcool ni le shit.

Peut-être qu'elle acceptera de lui parler au retour au lycée, après les vacances, confie-t-elle à Claire lorsqu'elles se retrouvent seules, dans sa chambre, à débriefer la fête sous les coups de boutoir du vent qui malmène les volets de sa chambre. Claire a un rire indulgent. Elle trouve tout merveilleux, ce soir-là, et même le cynisme d'Éléonore, qui lui rappelle qu'il ne faut pas s'emballer, que Thibaut n'est qu'un garçon parmi tant d'autres, ne tempère pas son émoi.

17

Le téléphone sonne dans l'entrée.

— Laisse, maman, je vais décrocher, regarde ton feuilleton.

— Merci, ma chérie.

Claire traverse le couloir sans allumer la lumière. Elle ferme la porte du salon pour faire taire Julie Lescaut. Le téléphone est caché derrière un rideau, dans une penderie. Lorsqu'on le tire, il y a un rebord, sur lequel est posé le combiné en bakélite, à côté d'un annuaire fatigué, d'un carnet à spirale et d'un pot à stylos dont la plupart ne fonctionnent plus. Derrière sont suspendus les manteaux de la famille. Claire est encore assez souple pour se glisser dans ce réduit et y prendre la conversation, comme lorsqu'elle était enfant et jouait à la secrétaire accueillant ses clients imaginaires en ouvrant et fermant sans fin son rideau – jusqu'au jour où la tringle s'était détachée et avait atterri au coin de son œil gauche, où subsiste une fine cicatrice qui se voit encore quand elle bronze.

— Allô ?

— Bonsoir, madame, je cherche à joindre Claire, s'il vous plaît.

Elle reconnaît la voix de Thibaut, cette voix qui n'a pas encore tout à fait fini de muer et qui vrille dans les aigus.

— C'est moi.

— Ah, salut.

Sa voix s'est adoucie.

— Salut...

Dans le silence qui suit, elle entend des bruits de verres qui s'entrechoquent, des éclats de rire. Une voix de fille, puis des rires à nouveau.

— T'es où ?

— À une soirée, chez des potes. Ça s'est un peu décidé à la dernière minute.

— Tu t'amuses ?

— Ça va...

— Pourquoi tu m'appelles, alors ?

— Comme ça, pour prendre de tes nouvelles...

Il ne lui dit pas qu'il voulait s'assurer qu'elle ne regrettait pas leur rapprochement, qu'il espère un peu la rendre jalouse, à le savoir en compagnie d'autres filles, qu'il voudrait qu'elle pense qu'il ne vit pas que pour elle, ce qui est difficile à croire puisque, même au cours de cette soirée, il a eu ce besoin irrépressible d'entendre sa voix, comme pendant qu'ils dansaient, l'autre soir, tout contre son oreille. Elle ne lui répond pas qu'elle a eu des moments d'angoisse tous les jours depuis le réveillon, à l'idée du pas qu'ils ont franchi et qu'elle n'est pas certaine de ne pas regretter. Non pas parce qu'elle n'en a pas envie, mais parce que cela vient créer des complications dans une relation qui, somme toute, aurait pu la satisfaire encore longtemps telle qu'elle était. Il reprend, après un nouveau blanc :

— Tu penses qu'on pourra se voir, avant la fin des vacances ?

— Oui, bien sûr.

— On pourrait aller au cinéma ? Mercredi soir ?

— Avec plaisir.

— D'accord. Il va falloir que je raccroche.

— J'ai hâte de te voir.

— Moi aussi.

— Bonne nuit.

— Claire ?

— Oui ?

— Je t'aime.

C'est bien sûr trop tôt pour le dire, mais il le couve depuis deux ans, son *Je t'aime*, et mieux vaut qu'il sorte tant qu'il en a le courage, et si possible par téléphone interposé. D'ailleurs il a bien fait. Claire lui répond tout bas qu'elle l'aime aussi. Jugeant qu'il a déjà bien entamé sa réserve d'audace, Thibaut lui souhaite bonne nuit. Après avoir raccroché, elle reste un moment le dos contre le mur couvert de moquette, le feu aux joues. Il doit être un peu éméché pour s'être autant épanché, mais seule la teneur de ses propos lui importe. Elle attend que son visage reprenne une couleur normale avant de revenir dans le salon.

— C'était qui, ma chérie ?

— Personne. Léo.

Le mensonge lui est venu avec facilité.

— Encore ? Mais vous vous êtes quittées tout à l'heure !

Évelyne soupire avec indulgence. Claire s'empourpre à nouveau.

— Je vais aller me coucher.

— D'accord, mais ne réveille pas ton père.

Pierre-Yves s'est endormi dans son fauteuil au coin de la cheminée, le dernier bulletin municipal posé sur ses genoux. Claire, qui a surpris sa mère en la serrant longuement dans ses bras, va déposer un léger baiser sur le front dégarni de son père avant de gagner sa chambre. Elle se sent pleine de tendresse à l'égard de ses parents, ce soir.

18

Éléonore s'affale sur la banquette recouverte d'un tissu pêche brodé de lys mous pénétré de poussière. Elle s'ennuie. Dans la langueur de l'adolescence, son esprit se met à divaguer. Elle pense au garçon qui joue aux échecs, là-bas, dans la grande salle de l'opéra. Entre les pauses qu'il lui a consacrées, tout au long de l'après-midi, elle l'a regardé, adossée à la rambarde de la grande terrasse claire, sous le ciel gris qui lui faisait mal aux yeux : assis à une petite table carrée entourée de tables identiques, un autre joueur face à lui, une horloge entre eux sur laquelle ils appuyaient à tour de rôle afin de se libérer du jeu. Il la rejoignait alors dehors dans l'attente du coup de son adversaire. Tout en parlant à Éléonore, il épiait ce dernier, penché sur le plateau de jeu, concentré, en souffrance. Puis il y retournait, sommé par la tape de l'adversaire sur cette maudite horloge qui régissait le temps qu'il lui accordait. En l'attendant, elle tournait le dos au parc, fumait un peu, histoire de se donner une contenance. Écrasait la cigarette sous la pointe de la semelle de son épaisse basket, au bout de trois lattes seulement, écœurée par le goût du tabac, qu'elle n'apprécie pas vraiment. Elle aurait dû proposer à Claire de la rejoindre. Avec Claire, la pataude, le brave chien fidèle, elle aurait eu une alliée. Elle lui aurait tenu compagnie, puis elle l'aurait flanquée dans les pattes des amis du garçon, pendant ses brèves pauses, entre deux coups d'échecs, afin de le garder pour elle seule. Mais voilà, aujourd'hui Claire devait s'occuper de son cheval. Elle n'a pas cette envie des autres lycéens de leur âge, se retrouver à ne rien faire, à parler tout l'après-midi en sifflant des canettes de Fanta et en crapotant.

Le printemps, pour Éléonore, c'est la possibilité de traîner dehors, de laisser derrière elle l'épais blouson de skateur qu'elle a pourtant réclamé avec passion à l'automne. Sous le gilet à capuche noir, plus léger, qu'elle laisse ouvert, tombant sur ses épaules, son pantalon trop large glisse sur ses hanches fines. Comme à son habitude, elle superpose deux tee-shirts, l'un sombre, à manches longues, et par-dessus un autre à manches courtes, rose, le *A* des anarchistes savamment travaillé sur sa poitrine, mignon. Les deux tee-shirts sont très courts, laissant apparaître une fine tranche de son ventre plat, moulant sa poitrine. Elle a lissé ses cheveux à l'extrême, les laisse tomber sur son visage quand elle parle au garçon, ouvrant parfois les mèches de devant en les plaquant sur les côtés, d'un geste qu'elle a longuement répété après l'avoir volé à Buffy, en regardant *La Trilogie du samedi*, la semaine précédente.

La compétition d'échecs doit se poursuivre le lendemain. Le garçon le lui a glissé tandis qu'elle partait récupérer sa sœur, après son cours de piano. Elle invitera Claire à l'accompagner.

Éléonore extirpe son corps languissant de la banquette affaissée, croise sa mère qui finit de dresser les tables pour le couvert du soir, entrechoquant les pièces d'argenterie qu'elle essuie à chaque manipulation, glissant des roses fraîches dans les soliflores, allumant les bougies. Au passage, elle lui caresse le bras sans y penser. Éléonore se rend dans le hall, se glisse derrière le bar de l'accueil pour appeler son amie du téléphone familial, qui est aussi celui du restaurant.

C'est un week-end de trois jours, un de ces week-ends de mai qui tombent parfaitement, au dire des salariés heureux, et qui, pour les restaurateurs, sont synonymes de surcroît d'activité. C'est ainsi qu'Éléonore s'est retrouvée à conduire sa sœur à sa répétition de piano, qu'elle a dû l'attendre devant l'opéra, qu'elle a fait connaissance avec ce groupe de joueurs venus pour les championnats régionaux d'échecs. Pratiquer cette discipline dans leur lycée leur permet de voyager et leur donne une excuse pour sécher les cours et les contrôles. Ils n'ont rien du sérieux repoussant des garçons qui participent aux concours d'orthographe et d'éloquence, Dieu merci. Ils sont plutôt du goût d'Éléonore, de petits rebelles de bonne famille, les vêtements de marque et les baskets qu'il faut porter, un je-m'en-foutisme bourgeois sur le visage. Éléonore a un doute. Claire ne va pas les aimer. Elle va lui gâcher son plaisir, avec son mépris ouvrier. Tant pis, elle y retournera seule.

19

Il s'appelle Grégoire Angevin. Éléonore se dit qu'elle devra toujours se souvenir de ce nom à l'avenir, et que, pour l'occasion, c'est un joli nom, dont elle n'aura pas à avoir honte. Il le lui a écrit sur le poignet cet après-midi, avec le numéro de sa chambre d'hôtel. C'est un endroit luxueux, mais un peu morne et désuet, comme tous les hôtels de Vichy. *Suranné*, dirait sa mère, qui aime ces ambiances-là et a tenté d'en reproduire l'essence dans son propre établissement. Elle rougit devant le réceptionniste qui lui sourit d'un air entendu, court presque jusqu'à l'ascenseur pour se soustraire à son regard. En montant dans les étages, elle commence à se demander si c'est une bonne idée. Les parois en miroir de l'ascenseur lui renvoient l'image d'une fille affolée qui se veut sûre d'elle en relevant le menton. Elle a trop noirci ses yeux, dont elle sait pourtant qu'ils plaisent au naturel, longs et en amande, avec de beaux sourcils fournis à l'arête parfaite. Sa peau n'en paraît que plus pâle. Et puis elle a l'air triste, et son sourire, qu'elle adresse à son double, s'étrangle avant d'atteindre son regard.

Elle parvient trop vite au bon étage, a l'impression que son arrivée est annoncée de manière tonitruante par une sonnerie puissante. Elle localise le numéro de la chambre de Grégoire, au fond du couloir. Ses jambes sont raides, elle sent une sueur de malaise affleurer dans son dos contre le lycra de son débardeur. Déjà, elle est devant la porte. Il ne faut pas qu'elle réfléchisse, sinon elle va s'en aller. Elle frappe.

Grégoire a tout bien fait. Il y a même ce disque de K's Choice qu'il a lancé avant de lui ouvrir. Éléonore s'en étonne. Il lui dit qu'il emmène toujours son lecteur de CD portable pendant ses voyages pour mettre *sa* musique dans les chambres d'hôtel. Elle voit que tout n'est qu'apparence. Il essaie d'avoir l'air habitué, sûr de lui, mais il s'agite beaucoup, parle vite et avec les mains. Elle trouve cela touchant, se sent un peu moins terrifiée. Ce n'est pas un homme, encore un garçon, qui a aussi peu d'expérience qu'elle. Ce qui commence à l'angoisser, c'est l'idée de si mal le connaître. Plus les minutes passent, plus elle le trouve étranger. Est-ce à cause de l'herbe qu'elle a fumée à toute allure, penchée à la fenêtre coude à coude avec lui, et qui l'empêche de réfléchir comme elle le souhaiterait ? Maintenant, elle voudrait avoir les idées claires.

Elle est en décalage, n'arrive plus à se détendre. Pourtant il est si gentil avec elle. Il commence à l'embrasser. La mélancolie l'assaille. La langue du garçon est comme une limace dans sa bouche. Son rythme n'est pas le bon. Trop lent, il heurte le sien. Il l'allonge sur le couvre-lit, se relève, la laissant là. Elle croit qu'il va chercher un préservatif. En fait, il cherche la bonne musique. Elle reconnaît *Virgin State of Mind.* Ce morceau est si déprimant. Éléonore sent les larmes monter, sa gorge se bloquer. Pourquoi cette chanson paraît-elle si sensuelle lorsqu'elle l'écoute à la télévision ou seule dans sa chambre en fumant, le soir ? Comment peut-on être excité en l'entendant ? Elle ne sait plus. Grégoire revient à elle. Commence à lui poser des baisers sur le ventre, ouvre le bouton de son baggy, qu'il aurait pourtant pu faire glisser directement sur ses chevilles tant elle les choisit larges. Il va falloir qu'il accélère, sinon la musique va encore s'arrêter, et il devra encore s'interrompre pour la remettre. De toute façon il ne sait pas trop quoi faire, à part l'embrasser. Quant à Éléonore, elle s'est transformée en bûche. Son corps s'est rigidifié. Elle ne ressent plus la moindre parcelle de l'excitation qui lui a envoyé des décharges électriques dans le bas-ventre tout l'après-midi, dès qu'il l'effleurait. Il l'embrasse en s'acharnant sur les agrafes de son soutien-gorge, sans qu'il lui vienne à l'esprit de l'aider. Elle se conforme à ce qu'il semble attendre d'elle, pousse parfois de petits gémissements pour l'encourager.

Elle se trouve ridicule. Elle voudrait rentrer chez elle. Elle pense à sa chambre, à Claire qui aurait pu venir regarder la télé avec elle pendant qu'elles se seraient verni les ongles. Elle est trop jeune pour ça, elle veut arrêter. Elle est incapable de le lui dire. Il est couché sur elle, maintenant. Son sexe, coincé entre leurs deux bas-ventres collés, lui fait mal. Il est si gentil... Il lui demande si ça va, si ça lui va, sa façon de faire. Il lui sourit en lui caressant les cheveux. Mais finis-en, bordel ! Elle est au bord de la crise de nerfs, commence à le haïr. Il se lève à nouveau, éteint les lumières. De toute façon elle ne veut pas le voir, merci bien. Elle entend le bruit du préservatif, est rassurée un instant, puis se demande quand il l'a acheté et comment il a pu s'imaginer que c'était gagné. Elle est en colère, maintenant. Tout en lui l'énerve. Il lui dit à l'oreille qu'elle est belle, qu'il est heureux. Elle a envie de vomir. Elle tremble de peur. Il le voit et la prend contre lui, tentant de l'apaiser. Elle se calme un peu, alors il reprend là où il en était. Elle serre les bras autour de son torse fin et imberbe, elle ne veut plus, mais elle n'arrive toujours pas à le dire. Son corps tente de le faire à sa place. Longtemps il essaie d'entrer en elle sans y parvenir. Elle ne sait pas quoi faire, ça la brûle, ça lui fait mal. C'est trop dur, ou pas assez, comment savoir ? Elle pleure, maintenant, ne s'en cache plus. De toute façon il ne la voit pas, trop occupé à regarder en bas, à essayer de comprendre ce qui ne va pas, s'aidant de ses doigts, qui la griffent à l'intérieur sans qu'il s'en aperçoive. Il renonce à un moment, même si elle essaie maladroitement de l'aider. Elle n'a pas envie de le branler, ça glisse, c'est dégueulasse. Elle ne peut pas faire ça à quelqu'un qu'elle ne connaît pas. Il finit par le faire lui-même. Horrifiée, elle reste immobile pendant qu'il retire la capote avec agacement, s'astique sur son ventre qu'il arrose dans un grognement pathétique. Elle part se réfugier sous la douche, se frotte l'entrejambe à s'arracher la peau, puis reste un long moment recroquevillée sous le jet d'eau, en attendant que cessent les tremblements qui l'agitent. Quand elle ressort, il est rhabillé, assis sur les draps tachés de mascara. Il se lève pour la prendre dans ses bras, lui dit que ce n'est pas grave, qu'ils pourront réessayer, s'ils parviennent à se revoir. Elle s'enfuit presque.

Claire ne dort pas quand elle l'appelle sur le portable que ses parents ont enfin accepté de lui acheter. Elle décroche à la première sonnerie, comprend qu'Éléonore sanglote. Elle coupe le son de la télévision, essaie de déchiffrer ses paroles.

— J'ai fait quelque chose de mal. Tu vas me détester.

Claire la rassure.

— Tu sais que tu peux tout me dire.

Alors Éléonore lui raconte tout. Elle pleure tellement. Claire s'efforce de la réconforter comme elle le peut. Au début, ses pleurs sont hystériques, violents. Puis ils s'apaisent.

— Je veux pas, je veux pas...

— Qu'est-ce que tu ne veux pas, dis-moi ?

— Je ne veux pas que ça soit ça, ma première fois...

Claire prend sa voix la plus ferme :

— Ce n'est pas ta première fois, tu as compris ? Ça ne l'est pas et c'est tout. Il n'a rien pu faire, tu n'étais pas prête, il ne s'est rien passé, ça ne compte pas.

— Ça ne compte pas...

— C'est ça, ça ne compte pas.

— Tu vas me juger. Tu vas me détester.

— Non.

— Promis ?

— Promis. Tu sais que je t'aime ?

Un silence. Puis Éléonore, dans un reniflement :

— J't'aime.

Claire la laisse pleurer. Lui dit que tout va bien, qu'elle est de retour chez elle, qu'elle ne le verra plus, que c'est fini. Éléonore n'en parlera plus jamais.

Le lundi, au lycée, lorsque Claire lui demande si elle va mieux, elle fait mine de ne pas comprendre sa question, lui fait la bise en lui disant qu'elle va très bien. Et c'est tout.

20

Claire comprend que quelque chose est arrivé en montant dans la voiture d'Évelyne à la sortie du lycée.

— Il s'est passé un truc terrible, à New York, ils l'ont dit à la radio mais je n'ai pas tout compris, lui annonce sa mère alors qu'elle boucle sa ceinture. Apparemment, des avions se sont écrasés sur des immeubles.

Claire pense aux immeubles qu'elle connaît, ces constructions à trois ou quatre étages. Même à Paris, les toits ne s'élèvent pas bien haut dans le ciel, de ce qu'elle a pu en voir à la télévision. À New York, c'est une autre échelle. Quand elles allument le poste en rentrant, dans la cuisine – un petit téléviseur est posé sur une tablette face à la table sur laquelle la famille prend ses repas lorsqu'il n'y a pas d'invités –, elles voient les images tourner en boucle, les avions qui creusent les tours, les corps qui dégringolent par les fenêtres, la fumée, les cris et les pleurs. Elles aussi pleurent, toujours debout, en attendant Pierre-Yves. Il vient les rejoindre à son retour de l'usine et s'assoit en bout de table. Ils mangent des raviolis en boîte, Claire s'en souviendra toute sa vie. Elle ne sait pas encore que dans son monde à elle le cataclysme originel surviendra le 12 septembre, pas le 11.

Tous les matins avant d'aller au travail, Pierre-Yves passe à l'enclos de Sauveur pour s'assurer qu'il va bien, qu'il a de l'eau et du foin, et lui donner des compléments alimentaires à certaines périodes de l'année, quand l'herbe n'est pas assez nourrissante ou qu'il est en période de compétition. Depuis près d'un an qu'il sort en concours, il commence à prendre ses marques. Maintenant qu'il y est habitué et plus détendu, il obtient quelques résultats intéressants. Arnaud dit qu'il a pris un peu de métier, et que Claire a progressé aussi, peu à peu ils forment un couple qui fonctionne. Claire le monte trois fois par semaine, plus pendant les vacances. Elle progresse chaque jour davantage. Acheter ce cheval était un pari risqué, mais Pierre-Yves se dit qu'il a fait le bon choix. Seule Évelyne pointe les notes en berne au lycée, mais comme d'habitude personne ne l'écoute.

Il gare sa Mégane en haut du chemin peu carrossable qui mène au pré de Sauveur. Il doit marcher pour l'atteindre, mais c'est encore agréable avec cet été qui n'en finit pas. Sur les bas-côtés, des haies de fougères, avec leur odeur de sueur, cachent le champ aux yeux des passants. Après un virage, Pierre-Yves arrive à la longue barrière métallique fixée à des traverses de chemin de fer qu'il a sciées et disséminées sur l'hectare hérité de son père. Il a remplacé le barbelé de cet ancien enclos à vaches par du fil de fer, de sorte que le cheval de sa fille ne se blesse pas s'il s'en approche trop pour happer les herbes hautes du chemin communal. Il a construit un abri en bois et en tôle, s'est arrangé avec le paysan voisin pour bénéficier de sa tonne à eau afin de remplir les deux anciennes baignoires qui servent d'abreuvoirs. C'est auprès de lui qu'il se fournit aussi en foin. Sauveur doit encore être dans l'abri, car il ne vient pas l'accueillir au portail comme il le fait tous les jours. Pierre-Yves ouvre la barrière et s'avance sur le terrain en pente douce. C'est cette pente qui le cache encore à sa vue pendant quelques secondes. Puis il le voit. Couché sur le sol, contre la clôture qui longe le chemin, un peu en contrebas. Non, pas contre la clôture. Dans la clôture. Sauveur a dû vouloir la sauter, pour une raison qui échappe à Pierre-Yves. Mais les fils sont bien hauts face à la pente, et il est encore novice. Les antérieurs sont passés, mais il s'est pris les postérieurs dans les fils et a dû tomber sans parvenir à s'en dégager. Alors, il s'est affolé. Il a lutté, cherché à se libérer et a fini de s'entortiller dans le fil qui, même s'il est lisse, a peu à peu entaillé ses chairs. Son membre gauche est abîmé de bas en haut, râpé, à vif. Mais c'est encore pire à droite. Pierre-Yves peut voir l'os à nu, quasiment du boulet jusqu'au jarret. C'est ce sur quoi il se fixe un long moment, sans oser lever le regard. Il finit par le faire. Son ventre vide se révulse tandis qu'il ausculte l'animal, le carcan de métal qui lui a creusé le poitrail et entaillé les chairs jusqu'à l'os dans ses efforts pour se dégager. Il voit les flancs qui se soulèvent avec effort, le poil collé par la sueur sur la peau qui lui semble rouge. Il remonte le long de l'encolure couverte de traînées d'écume qui ont viré au rose. Puis il trouve ses yeux. Exorbités, cerclés de blanc. Sauveur n'est plus que douleur et détresse. Il redresse quand même la tête en voyant l'homme se pencher vers lui, puis la rejette en arrière dans un grand sifflement, comme soulagé. Enfin, quelqu'un va l'aider.

Les mains tremblantes, Pierre-Yves attrape le téléphone portable qu'Évelyne a tenu à lui acheter pour son anniversaire. Il n'a pas enregistré le numéro du véto dessus, ni même celui d'Arnaud, puisque c'est Claire qui se charge d'organiser les cours avec lui. Il n'a pas le choix, il faut qu'il appelle sa femme. Alors il prie. Il prie pour qu'elle ait déjà déposé la petite au lycée. Pour que Claire ne décroche pas. Mais Pierre-Yves n'a jamais eu de veine, et c'est Claire qui lui répond. C'est à sa fille qu'il doit demander de lui donner les coordonnées du vétérinaire et d'Arnaud. Il va lui falloir le van, il a la présence d'esprit d'y penser.

— Pourquoi, papa, qu'est-ce qui se passe ? Il y a un problème avec Sauveur ?

Il n'arrive pas à lui répondre.

— Les numéros de téléphone, s'il te plaît.

Sa voix est blanche.

— Oh mon Dieu. Sauveur, Sauveur !

Il l'entend pleurer pendant qu'elle cherche les numéros dans son répertoire. Il n'arrive pas à lui mentir pour la rassurer. Puis, dans le silence qu'elle a ouvert entre eux, la voix d'Évelyne, en arrière-plan :

— Mais qu'est-ce qui se passe ? Dis-moi !

— Je sais pas ! hurle Claire.

Il entend la mère lui crier dessus. Il ne peut pas le supporter.

— Envoie-moi leurs numéros par texto.

Il raccroche. Ça ne pourrait pas être pire.

Arnaud arrive quelques minutes plus tard. Il a fait un détour pour récupérer le vétérinaire au passage. Ils trouvent Pierre-Yves assis par terre, la tête de Sauveur sur les genoux, le caressant de sa grosse patte d'ancien rugbyman. Il lève vers eux un regard farouche.

— Je ne vous laisserai pas tuer le cheval de ma fille. N'essayez même pas d'y penser.

Le vétérinaire pousse un long soupir et va récupérer sa mallette dans le coffre d'Arnaud.

— OK, on va essayer de le faire monter dans le van pour l'amener à la clinique. D'abord, je vais lui administrer un calmant. Mais il faudra qu'il soit coopératif, sinon je ne pourrai rien faire. Tout va dépendre de lui.

21

Sauveur passe trois mois dans la clinique du vétérinaire équin. Ce dernier se met d'accord avec Pierre-Yves pour limiter les frais d'hébergement contre la tenue d'une réunion du conseil municipal consacrée à sa demande de permis de construire visant à agrandir son centre de soins. Le dossier pose problème car la mairie envisage de céder le terrain afin d'y faire installer une antenne-relais. Il faut enterrer le projet et lui accorder le droit d'étendre sa clinique. Pierre-Yves s'y engage. C'est sa première entorse au code de conduite exemplaire qu'il s'est imposé depuis le début de son mandat à la mairie. Il s'aperçoit qu'une fois le premier pas franchi, ce n'est pas si dramatique. Il se le répète tous les soirs tandis qu'il emmène sa fille voir son cheval. Parfois, Sauveur est bien. Il fait quelques pas bancals sur ses grandes jambes bandées et vient les accueillir à la porte du box. Il est tellement maladroit qu'il a failli s'éborgner contre un râtelier fixé au mur dès le premier jour.

Le véto a levé les yeux au ciel, mais il trouve l'animal attachant. Il a ôté le râtelier. Parfois, Sauveur est fiévreux, et Claire pleure tout le long du trajet retour, parce qu'elle déchiffre le découragement sur le visage du soignant. Elle ne fait plus grand-chose au lycée, passe son temps libre entre la clinique et la maison d'Arnaud. Elle s'est mise à sortir Liselotte tous les week-ends pour la travailler. Elle ne perdra pas ce qu'elle a acquis, c'est déjà ça. Mais pour Sauveur, c'est fini. Le véto leur a expliqué que la plupart des blessures guériront, que le postérieur gauche n'est que superficiellement atteint. Pour le droit, par contre, il n'a rien pu faire ; le tendon est remonté haut lorsqu'il a rompu, comme un élastique trop tendu. Il n'a pas pu aller le récupérer pour le recoudre. Sauveur sera boiteux à vie, s'il survit. Claire dit qu'elle s'en fiche, tant qu'il ne meurt pas. Elle n'entend pas les remarques sur le fait que cela aurait été différent si Sauveur avait été une jument. On aurait pu la faire pouliner. Là, il ne servira plus à rien. Mais il n'est pas venu au monde pour la servir, et il n'a pas demandé que des braconniers entrent dans son pré en pleine nuit pour tirer un sanglier. Ils ont retrouvé les traces de la bête qui a tenté de fuir en saccageant le terrain, et les voisins ont parlé des coups de feu qu'ils ont entendus cette nuit-là. Personne n'a pu identifier les fautifs. Claire n'entend rien, ne souhaite que le voir guérir. On lui parle de staphylocoque, de nécrose, et elle ne voit que les yeux graves de Sauveur sous ses paupières plissées, qui pose toujours la tête contre son épaule pour qu'elle le gratte derrière les oreilles. Elle ne peut prendre aucune décision, et, n'en prenant pas, elle finit par en prendre une. Après trois mois de soins, le véto leur indique qu'il n'y a plus grand-chose à faire à son niveau. Sauveur peut retourner dans son pré. Pierre-Yves a transformé l'abri en box pour l'occasion. Il lui faut un environnement sain et protégé, et le vétérinaire ne l'autorise à sortir que quelques minutes par jour, sous haute surveillance. Il leur apprend comment soigner la plaie toujours à vif et remet le cheval dans le van. Sauf qu'en sortant Sauveur refuse de réintégrer son pré. Lui qui a accepté les soins et la souffrance sans broncher devient fou de terreur. Il se cabre, manque de basculer sur le dos. Trempé de la sueur déclenchée par l'effort et la souffrance, il ne cède pourtant pas. Arnaud, qui les a accompagnés, n'hésite pas :

— Vous savez, il y a toujours de la place auprès de Liselotte. En plus, je l'aurai sous les yeux tous les jours. Si vous me fournissez la nourriture, on peut s'entendre sur une pension symbolique, juste pour l'hébergement et l'eau.

Claire regarde son père. Incapable de décevoir l'espoir qu'il lit dans ses yeux, il accepte. Il lui suffira de vendre le pré. Après tout, il ne peut plus le voir en peinture. Ça lui donnera un petit répit financier, en espérant que la boîte ne mettra pas trop vite en place le plan social dont tout le monde prend soin de ne pas trop parler pour ne pas attirer le mauvais sort.

PARTIE III

2002-2005

22

Sur Marc, Arnaud retrouve, comme sur lui, les stigmates de leur métier. Son corps nerveux se déploie dans les draps blancs qu'ils ont ravagés la nuit précédente. Il a les épaules amples, le dos bien droit, ses hanches s'ouvrent largement. Son buste est finement musclé, les abdominaux bien dessinés. En contrepartie, les cuisses, surdéveloppées, manquent de finesse. Il est un peu court sur pattes malgré des mollets allongés et fermes. Son visage, jusqu'à la base du cou, et ses bras, jusque sous l'épaule, sont très bronzés. En comparaison, son torse est trop pâle.

Arnaud s'est réveillé tôt. Il doit aller nourrir les chevaux, s'occuper de Sauveur. Mais il peine à se résoudre à laisser son amant.

Les deux hommes se sont revus de nombreuses fois sur les terrains de concours au cours de l'année qui vient de s'écouler. Puis Arnaud a disparu, puisqu'il n'y accompagne plus Sauveur et que les autres cavaliers qu'il entraîne ne sortent pas encore en compétition. Il n'a aucun prétexte pour s'y rendre sans raison, et n'a plus l'envie d'y inscrire Liselotte pour concourir lui-même. Tout cela est derrière lui : les mois de préparation et de sélection en vue des championnats de France de Lamotte-Beuvron, toute sa jeunesse ; puis le monitorat, les années de formation à Saumur, et son dégoût de la profession en centre équestre, qui l'a amené à se tourner vers l'enseignement privé, des cavaliers qu'il peut choisir. Les cours particuliers, le coût qu'ils représentent pour les élèves lui permettent ce luxe, tout comme la maison sans prétention qu'il loue avec le pré attenant pour sa propre monture, qu'il travaille encore à ses heures perdues. Il ne fait presque plus que du dressage, et un peu de randonnée. S'il pense avoir trouvé un équilibre dans ce mode de vie qu'il a choisi, le retrait total des terrains de concours et le renoncement à l'animation que cela mettait dans son existence lui pèsent parfois.

Il a cru qu'il s'agissait de cela, qu'il était nostalgique de cette époque, mais il comprend qu'il y a autre chose lorsque Marc frappe à sa porte un soir. Ce dernier a apporté une bouteille de vin ; ils ne la boivent pas tout de suite. Plus tard dans la soirée, il lui raconte l'accident du cheval qu'il coache, le fait qu'il a dû le rapatrier chez lui. Marc lui propose son aide, s'il accepte qu'il dorme ici de temps en temps, afin de s'éviter la route tard dans la nuit jusqu'à l'appartement qu'il occupe au-dessus des écuries, dans le centre qui l'héberge. Arnaud pense brièvement aux commérages du voisinage, mais la solitude lui pèse trop, et Marc lui plaît. Il le présente à Pierre-Yves comme un collègue, et ce dernier ne tique pas. Claire, elle, se fiche de la vie sentimentale de son moniteur à présent, tant qu'il héberge son cheval et s'en occupe pendant qu'elle est au lycée.

Et c'est ce qu'il fait. Chaque jour, Arnaud prépare une litière sèche et propre dans l'un des deux box de l'ancienne écurie de la ferme qu'il loue, et y transfère Sauveur dans la journée. Ensuite, il vide entièrement le premier de sa paille, et le désinfecte du sol au plafond. Il le laisse sécher toute la journée, puis le paille, et reproduit le même manège avec le second box le lendemain. Il n'y a qu'ainsi qu'il peut limiter le risque d'infection. Puis, avant de déménager son pensionnaire, il y a le temps du pansage. Sauveur sait ce qui l'attend, mais il se laisse faire. Il est trop faible pour lui opposer la moindre résistance, même s'il le voit arriver avec la caisse de pansage, reconnaît son odeur. D'abord, Arnaud lui parle en s'approchant de sa porte, prend la mesure de son état du jour. Il peut le trouver de dos, la tête basse dans un coin du box, signe de fièvre. Il peut le voir passer la tête par-dessus la porte pour l'accueillir, dans les bons jours. S'il est en train de boire ou de manger, il le félicite. Le vétérinaire a averti sa jeune propriétaire : si un matin il est couché et ne veut pas se lever, cela signifiera qu'il a cessé de lutter. Jusqu'à présent, chaque fois qu'Arnaud l'a retrouvé allongé dans sa paille, Sauveur s'est mis debout à son arrivée. Depuis l'accident, il se lève un peu comme un chameau, prend fortement appui sur ses antérieurs, projette son dos vers le haut, jambes écartées, cherchant à atteindre l'équilibre.

Arnaud laisse Marc dormir. Il se passera de lui pour les soins. Il fait un détour par le pré où Liselotte s'ébat. Pour l'instant, il n'a pas encore réuni les deux chevaux. Sauveur est trop faible pour rester dehors. Il le laisse une heure ou deux par jour au paddock, mais pas plus car l'hiver est rude, et le froid tire encore davantage sur ses plaies. Liselotte accourt quand elle le voit déposer sur le sol un seau de compléments alimentaires qu'il la laisse manger pendant qu'il casse la glace dans son abreuvoir, s'assurant d'en retirer tous les morceaux tranchants qui risqueraient de la blesser. Lorsqu'elle a fini de lécher le fond du seau et qu'elle se met à jouer avec en lui mettant de grands coups de tête, il le lui retire et lui flatte l'encolure avant de se diriger vers son malade. Sur le chemin, la cuisine de sa voisine est allumée. Il lève la main pour la saluer, la voyant déjà occupée devant son évier. Il pense qu'elle l'a aperçu, mais ça ne doit pas être le cas car elle ne lui rend pas son salut et retourne d'un geste vif à la table derrière elle. Arnaud ne s'en offusque pas et poursuit sa route vers l'écurie. Il trouve Sauveur dans l'un de ses bons jours ; le cheval l'accueille avec un petit renâclement, même s'il sait que l'arrivée de l'homme signifie aussi le début de ses soins. Arnaud entre dans son box. Il lui passe la main sur l'encolure, le massant, le grattant, finit par lui glisser le licol derrière les oreilles et le lui attache le long de la joue, puis noue la longe autour d'une ficelle bleue pendue à l'un des barreaux du box.

Il commence par le brosser. Comme il ne peut pas encore le laisser au pré, il n'est pas si sale. Il le débarrasse surtout de la poussière qui se dépose sur son poil terni par la maladie et le laisse savourer le massage avant de passer aux soins plus douloureux. Il lui démêle les crins avec délicatesse. Les traitements les ont rendus gras, ils sont couverts de pellicules, partent par poignées autour du garrot. Il lui nettoie le contour des yeux et des naseaux avec une éponge humide, lave les coulures qui ont maculé ses joues et ses ganaches. Il reste longtemps sur le haut de son corps, lui parlant, le berçant. Puis il lui nettoie les antérieurs à la brosse douce, vérifie la cicatrisation des croûtes les plus superficielles avant de lui curer les pieds. Avec patience, il attend que Sauveur trouve le bon équilibre afin de ne pas s'affaler sur lui-même, si ses postérieurs venaient à flancher. Malgré tout, Sauveur s'appuie lourdement sur son flanc. Pour les postérieurs, Arnaud plie les jambes, aidant le cheval à étirer ses sabots vers l'arrière, lui permettant de les coincer entre ses genoux. Pas moyen de le tenir par le canon ; tout n'est que plaie. Il se dépêche de nettoyer la sole, dégage la fourchette ; il y voit mal, mais la blessure limite la flexion du sabot. Heureusement, là encore le séjour au box réduit la saleté. Il fait vite : regarde, brosse, nettoie, vérifie le travail, repose. Pourtant le cheval tremble sous l'effort. Il en finit avec les pieds, lui accorde un temps de repos avant de poursuivre. Il en profite pour nettoyer son fourreau, passe la brosse sous sa queue, que la bête replie contre sa fesse par réflexe.

Vient le moment de refaire les pansements. Arnaud déroule les bandes durcies par la Betadine. Les épaisses couches de coton qui lui recouvrent les canons, du boulet jusqu'au jarret, ont adhéré à ses plaies. Il les mouille pour les décoller moins fort, s'aidant de petits ciseaux pour ôter quelques peaux mortes qui viennent avec en tirant sur les chairs encore saines. L'odeur est écœurante : sang, pus, Betadine se mélangent. C'est métallique, âpre, pas désagréable mais assez déprimant, parce que l'évolution est lente. Arnaud la garde dans le nez toute la journée, d'autant qu'elle lui reste sur la peau, même s'il se lave longuement après les soins. Il dégage les plaies. À droite, elles recouvrent toute la partie inférieure de la jambe. C'est très gonflé, avec un creux en bracelet là où le tendon a claqué. À gauche, c'est plus lisse. Ça va bientôt cicatriser, s'il continue ainsi. Le nettoyage des plaies lui prend plus d'une heure chaque jour. Pourtant, malgré ce travail quotidien, il lui arrive d'y trouver de petits asticots blancs grouillant sur les parties à vif. Selon le véto, ce n'est pas bien grave, ça nettoie aussi la plaie, les asticots aident à retirer les tissus morts, ne s'intéressent pas à la peau saine. Il ne faut pas les laisser proliférer, mais leur présence n'est pas trop gênante. Ils partent avec la douche que Claire vient lui donner presque tous les soirs, après les cours. C'est le moment de la journée que le cheval et sa cavalière préfèrent. Pendant de longues minutes, elle masse ses jambes boursouflées avec le jet d'eau qu'elle passe de haut en bas en des mouvements circulaires le long de ce qui lui reste de tendons, afin d'apaiser la fièvre qui chauffe ses membres. Puis elle le fait un peu marcher dans le chemin, essaie de le dérouiller. Sa démarche est devenue hachée, sa jambe droite vrillant vers l'intérieur sous la boiterie. Claire vient prendre le relais d'Arnaud pour les soins du soir, le plus souvent accompagnée de Pierre-Yves. Père et fille ont pris le coup de main, et Pierre-Yves met au service de sa fille son épaisse carrure pour supporter le poids du cheval pendant qu'elle le soigne.

Les semaines passant, les accès de fièvre se font plus rares. Au printemps, ils cessent de mettre des pansements à gauche. La plaie est lisse, la peau devient noire, sans poils. L'ancienne blessure restera bordée d'un pelage blanc.

Sauveur a perdu près de cent kilos. La première fois qu'Arnaud l'a lâché au paddock, quelqu'un a prévenu la SPA de la présence d'un cheval maltraité dans son pré. Heureusement pour lui, leur émissaire s'est pointé pendant une visite du véto. Lequel lui a expliqué, preuves à l'appui, qu'ils étaient en train de tenter de sauver ce cheval, qu'il ne manquait ni de soins ni d'attention, au contraire. Le type leur a conseillé de mettre un écriteau sur la clôture pour expliquer la situation. Arnaud n'imagine même pas ce que cela aurait pu déclencher s'il avait exposé le postérieur droit de Sauveur à la vue de tous en retirant ses bandages.

23

Comme presque tous les jours de cet été, Thibaut est venu passer l'après-midi chez Claire. Ils sont allés s'occuper de son cheval, longtemps. La canicule qui sèche la terre et cuit les corps a des effets délétères sur sa blessure. Ses chairs tirent et doivent être enduites de vaseline. Mais parfois c'est insuffisant, et la croûte craque, s'ouvre en crevasses à vif sous les dents du cheval que cela démange à s'en dévorer la jambe. En quelques heures seulement, elle grouille d'asticots. Claire ne bronche pas, retire les larves sur la plaie, puis la nettoie au jet d'eau et à la Betadine, faisant fuir une ou deux mouches plates qu'elle arrête dans leur course en leur écrasant sans vergogne la tête entre ses doigts, seul moyen d'en venir vraiment à bout.

Thibaut l'assiste comme il peut, tient Sauveur tandis qu'elle lui douche les membres, passe un coup de balai pendant les soins, retire à la fourche les crottins qui maculent le box dans lequel il séjourne et les charge dans une brouette avant de les déverser sur le tas de fumier du voisin d'Arnaud. Il sait que Claire ne fera pas de concessions. Soit il fait avec le cheval, soit il dégage. Il ne peut pas l'envisager, car après plus de trois ans de relation il n'en revient toujours pas qu'elle reste avec lui. D'ailleurs il y a déjà eu plusieurs alertes, plusieurs pauses, des ruptures avortées et des réconciliations conditionnelles, après l'accident de Sauveur. Il ne veut prendre aucun risque, alors il fait le palefrenier. Ça a de bons côtés.

Ils rentrent à vélo, lui sur celui de Pierre-Yves, par les chemins, car Claire sait qu'à ce moment de l'été ils longeront des buissons chargés de mûres. Dans l'air immobile plombé par une chaleur à faire taire les oiseaux, ils remplissent un grand seau de baies noires chaudes et poilues, délogeant les insectes qui tentent de remonter le long du récipient. En rentrant, ils font une tarte. Plus tôt dans l'après-midi, à son arrivée, ils ont fait l'amour sur le lit en fer forgé de Claire, dans la moiteur de sa chambre perpétuellement plongée dans la pénombre dans le but de conserver une fraîcheur illusoire.

Leur première fois remonte à quelques mois. Cela faisait un moment, déjà, qu'ils se frustraient en s'embrassant à pleine bouche, frottant leurs désirs l'un contre l'autre. Tous deux étaient encore vierges, et ça angoissait un peu Thibaut. Il aurait bien aimé que l'un d'eux sache comment s'y prendre, autrement qu'en théorie. Elle avait fini par lui proposer de passer chez elle en l'absence de ses parents, lui avait tout de suite annoncé ce qu'elle attendait de lui. Il ne reconnaissait pas la jeune fille timide dont il était tombé amoureux à son arrivée au collège. Elle ne lui avait pas dit qu'elle appréhendait tellement qu'elle préférait en finir une bonne fois pour toutes. Qu'elle savait qu'il était amoureux d'elle, et que c'était tout ce qu'elle demandait. Sans doute même l'aimait-il plus qu'elle ne l'aimait, elle. Peut-être que ce qu'elle aimait, c'était l'émoi qu'il créait en elle, le regard qu'il portait sur elle, sa certitude qu'il ne voulait pas la blesser, jamais. Elle l'avait guidé jusqu'à sa chambre, dans le noir. Il avait déjà touché son corps, souvent, par-dessous les vêtements qu'elle le laissait soulever. Elle n'avait passé le cap que de son torse. Il sentait sa pudeur l'empêcher de glisser la main dans son pantalon, de lui caresser les fesses. Elle gravitait autour de son bassin, le serrant contre elle à travers le jean dont l'épaisseur le comprimait. Ils avaient fait l'amour, cette première fois-là, tremblants et émus, heureux et amoureux. Ça n'avait pas duré longtemps, et ils étaient trop stressés pour y prendre un plaisir bien grand, mais ils s'étaient caressés, se disant des mots d'amour, se regardant avec tendresse, avaient ri de leurs maladresses. Elle lui avait assuré qu'elle n'aurait pas voulu d'une autre première fois. Le lendemain, elle avait eu mal au ventre à s'en déclencher des nausées, et il s'en était voulu, s'était convaincu qu'ils ne recommenceraient pas. Ils ont recommencé chaque fois que l'occasion s'est présentée. Elle aussi vient chez lui, parfois, mais elle n'aime pas trop rester en ville en plein cœur de l'été. Elle préfère qu'il la rejoigne. Et puis il y a son cheval. Il a compris qu'il ne passerait jamais le premier dans le cœur de Claire. Il lui faut composer avec son amour pour ce recoin de l'Allier, pour Sauveur, pour la solitude et la nature. Parfois, quand même, elle l'accompagne au cinéma. Ils se cachent dans un coin, au dernier rang, se touchent en silence, à s'en brûler la peau.

Elle lui dit qu'elle aime ses yeux, d'un bleu-vert foncé, que sa bouche est la plus tendre. Qu'elle apprécie le fait qu'il ne soit pas trop grand, juste à sa taille, qu'il ne se mette pas en avant comme les garçons qu'aime Éléonore, et qu'elle leur impose souvent, lorsqu'ils se rejoignent en ville et se posent sur un banc dans un parc, au bord de l'Allier.

Ce qu'ils veulent surtout, cet été, c'est se retrouver seuls ; à s'en étouffer ; à ne plus pouvoir se supporter, si ça continue ainsi. Alors Thibaut le citadin se retrouve dans la cuisine de la maison du bord de l'eau, ravagé de piqûres de moustiques, à pelleter du crottin et à préparer des tartes aux mûres, après avoir longuement détaillé les marques de bronzage de Claire, qui le rendent fou lorsqu'il pense qu'il est le seul à connaître les parties de son corps blanches comme le lait, alors que ses épaules ont la couleur des pêches de vigne. Il a commencé son apprentissage de cuisinier et donne à Claire des instructions qu'elle ne suit pas vraiment à la lettre, riant de son sérieux, écrasant des mûres entre leurs dents pour se faire pardonner quand il râle.

Pierre-Yves rentre en fin d'après-midi et les trouve en train de manger la tarte sur la table en pierre ombragée par la tonnelle qui a remplacé le grand saule, à l'arrière de la maison. Thibaut l'a rencontré peu après cette fameuse première fois, quand il a commencé à venir passer tout son temps libre chez Claire. Il l'aime bien, lui trouve l'abord facile, le contact joyeux. D'ailleurs, Pierre-Yves l'appelle *fils*, ce que ne fait pas son propre père, magasinier chez Mr. Bricolage, pas plus avec lui qu'avec son jeune frère de douze ans. La sympathie d'Évelyne semble devoir se mériter davantage. La mère et la fille se ressemblent si peu, la mère aux cheveux blonds décolorés, très maquillée, toujours habillée pour la ville ; sa fille aux cheveux châtains sages, qui ne maquille pas ses yeux cachés derrière ses lunettes, coupe court ses ongles dont elle peine parfois à retirer la poussière, la graisse dont elle nourrit son matériel, le goudron qui s'y loge quand elle soigne les pieds de son cheval. La mère porte des robes courtes, la fille des jeans droits sur des Converse noires. Il évite de se retrouver seul avec la fière Évelyne, ne sachant jamais de quoi lui parler. Elle est si différente de sa mère à lui, fragile et effacée. Pourtant Évelyne a pour lui de l'affection, elle voit à quel point Claire irradie, depuis plusieurs mois. Elle se doute que leur amourette adolescente est passée à un stade plus sérieux, n'arrive pas à en parler à sa fille.

Le père est trop occupé par le sauvetage de son emploi, de celui de sa femme, de beaucoup de gens du coin et de membres plus éloignés de la famille, pour regarder de plus près ce qui se passe chez lui. Il trouve sympathique ce garçon qui s'occupe de Sauveur avec Claire, quand lui ne trouve pas le temps de l'accompagner.

Il les rejoint sous la tonnelle de verdure, laisse sa fille lui servir une part de tarte et lui ouvrir une bière. Le temps est à l'orage. Autour d'eux, les fleurs plantées en massifs par Évelyne au printemps ont brûlé dans la chaleur de l'été et sont assaillies d'insectes. Dans le ciel, au-dessus de leurs têtes, se massent de gros nuages dentelés d'oiseaux. L'air est électrique, tout comme Pierre-Yves, qui sue à grosses gouttes sur le banc de pierre. Thibaut trouve qu'il s'agite beaucoup, qu'il brasse de l'air en parlant. Il rit trop fort, puis s'agace quand Claire lui dit qu'elle a laissé la facture d'Arnaud sur le meuble de l'entrée.

— Il m'oublie jamais, celui-là, tu peux en être sûre ! On n'est même pas à la fin du mois. Ben il attendra, comme tout le monde… Tu crois que l'usine me paye avant la fin du mois, moi ? C'est bien tous les mêmes, ceux qui ont leur boîte, tiens !

Il boit sa bière presque d'une traite.

— T'énerve pas, je voulais juste te donner l'info, lui dit Claire.

— Je m'énerve pas !

Il se lève d'un bond.

— Allez, je vous laisse, les jeunes, vous serez mieux entre vous.

Il leur lance un clin d'œil maladroit et part s'enfermer dans la maison.

— Ben qu'est-ce qui lui prend ? s'étonne Thibaut.

— C'est rien, il est à cran depuis le rachat de Verredis par les Italiens. Parfois il s'agace pour rien, faut pas y faire attention.

Thibaut s'en va juste avant l'heure des hannetons. Tous les soirs de cet été qui voit mourir de déshydratation les personnes âgées dans les maisons de retraite, et au cours duquel tous les gens du coin, pour la première fois, appellent l'eau de leurs vœux et se plaignent de voir baisser le niveau de l'Allier, à la même heure des milliers de hannetons fondent par vagues sur la plaine dans un bourdonnement menaçant. Rendue folle par la nuée d'insectes qui lui vrille les tympans, Liselotte pique de grands galops dans son pré en jetant sa tête en tous sens. Thibaut redoute ce moment qu'il perçoit comme une mise en garde imprécise, et retourne se réfugier à Vichy. Alors qu'il rentre dans la maison de Claire pour y récupérer son casque de scooter et ses clefs, il entrevoit Pierre-Yves dans la cuisine.

L'homme jovial qu'il connaît a retiré son costume de sourire, maintenant qu'il est seul. Attablé dans la pénombre de la pièce surchauffée par le four où a cuit la tarte un peu plus tôt, il s'est ouvert une nouvelle bière et a étalé une brassée de papiers et de pochettes cartonnées sur la table. La tête dans une main, il frotte d'un air las le début de calvitie qui se propage à l'arrière de son crâne.

24

Pierre-Yves Chevalier file un mauvais coton. Tous les anciens copains du rugby l'ont remarqué. On le voit de moins en moins aux réunions du syndicat, alors que c'est le moment ou jamais de faire front, comme l'a dit l'avocat. Ce dernier a mis les médias sur le coup, se tient parmi eux, porte la banderole dans les manifs. On le voit à la télé, en gros plan dans *La Montagne*, dans sa robe noire, qu'il porte avec des baskets et une écharpe rouge. Dans les manifs, le mégaphone à la main, il harangue les troupes, crie le plus fort, chante le plus faux. Il est des leurs. Un vrai avocat de gauche, un vrai défenseur des salariés. Il est de ces hommes en qui les autres croient. Il ne pète pas plus haut que son cul, résume Robert Tavernier, qui a fini chef de ligne après avoir trimé à la chaîne pendant vingt ans, et a cessé de monter les échelons lorsqu'on lui a demandé de ne plus participer aux manifestations, s'il voulait continuer à prendre du grade. Mais Robert a le syndicat dans le sang. Il préférerait pointer au chômage, alors même qu'il ne lui reste que quelques petits trimestres à cotiser avant la quille, plutôt que de faire le jeu du patronat. Il le dit avec les yeux qui brillent, quand il a un peu trop picolé et qu'il beugle par-dessus les tables dans les réunions de famille, mettant tout le monde mal à l'aise parce qu'il semble invectiver davantage les convives que les patrons qui ne sont pas là, et devant lesquels il ferme bien sa gueule, comme le lui dit sa femme d'un ton aigre sur le trajet du retour à la maison, quand elle le ramène beurré comme un petit Lu, et lui reproche de lui avoir gâché la vie en refusant toutes les promotions car elles s'apparentent pour lui à des tentatives de rachat de son âme. Robert a sympathisé avec l'avocat, maître Boissy, en qui il a reconnu un frère, mieux, un *camarade*. Et Robert a pris les rênes de la fronde, aiguillé par les conseils du juriste, qui se tient à ses côtés sur la tribune – mais toujours un peu en retrait, car il sait que les salariés préfèrent avoir affaire à l'un des leurs.

Robert et Pierre-Yves ont joué dans la même équipe. Lui a rejoint les rangs des ouvriers quand son coéquipier a monté les marches du hangar abritant les bureaux, pour se planquer au service comptabilité, comme il aime à le lui rappeler, quoique toujours sur le ton de la plaisanterie, parce qu'il a apprécié d'être appelé en renfort au conseil municipal, et que Chevalier a pris la carte du syndicat avec ferveur quand Robert a commencé à militer. Ils se respectent, dirait Robert, et c'est le plus grand signe d'affection qu'il peut dispenser. Or, dernièrement, Chevalier s'est mis à déserter. Robert lui en a touché deux mots au café du matin, un jour, chez Francette, et Pierre-Yves a éludé. Mais il s'est mis à déserter aussi ce rendez-vous rituel entre eux, qu'ils n'ont jamais manqué depuis leur embauche, sauf pendant leurs cinq semaines de congé annuel, et l'unique semaine de congé maladie prise par Pierre-Yves, quand le cheval de sa gamine a eu son accident. Robert, lui, se fait fort de n'avoir jamais posé un seul jour d'arrêt en vingt-six ans de boîte. Il a été trop con, pour ce que ça lui a rapporté.

La boîte coule. Il le sait, peu importe les discours de motivation qu'il sert à ses collègues dans les réunions syndicales. Peu importe qu'il se casse les pattes à marcher autour de la ville, un drapeau à la main. Peu importe, même, les réunions avec les patrons, les conseils de crise organisés par l'avocat pour mettre en place une stratégie qu'il a qualifiée d'agressive. Peu importe, enfin, que leur député ait accepté d'en parler lors d'une séance à l'Assemblée nationale, promesse qu'il a tenue mais qui n'a pas eu de retombées significatives. Robert ne flanche pas, mais la désertion de Chevalier lui a fichu un coup. Il se dit que son vieux camarade n'y croit plus, lui non plus, qu'il a décidé d'abandonner pour chercher du travail ailleurs, et que cela ferait mauvais effet, si son futur employeur le voyait à la télé avec un tee-shirt de la CGT. Il peut le comprendre, après tout, Pierre-Yves a une famille à nourrir, alors que lui, Robert, n'a que sa femme, Liliane ; elle a monté sa petite entreprise de couturière, ça marche du feu de Dieu, et il y a belle lurette que ça leur a permis de rembourser le crédit sur la maison. Depuis qu'ils ont commencé à douter de la réussite du mouvement de grève, car la concurrence chinoise met en péril la survie de la boîte à court ou moyen terme, l'usine d'embouteillage, de l'autre côté de la ville, a vu affluer les CV des ouvriers. Ils avaient pourtant juré qu'ils ne lâcheraient pas les collègues, mais se ratatinent à l'idée de ne pas pouvoir faire face aux traites du pavillon en lotissement qu'ils se ruinent la santé à rembourser. Il faut les comprendre. Robert comprend. C'est de bonne guerre. Ce qu'il n'arrive pas à digérer, c'est le silence de Chevalier. Il le lui a glissé, ce fameux matin chez Francette. Mais Pierre-Yves a esquivé, changé de sujet. Il déserte, et il n'est même pas franc du collier. C'est ça qui le met le plus en rage, Robert. Alors il le défend de moins en moins, à la machine à café, pendant les pauses des réunions syndicales, où Pierre-Yves ne leur accorde plus l'honneur de sa présence.

Ça sent mauvais. Il en informe Liliane un soir, pendant qu'il regarde le journal de vingt heures et qu'elle débarrasse la table. Une fois sa tâche achevée, elle vient s'asseoir à côté de lui, bien droite sur le canapé, ses lunettes de presbyte sur le bout du nez, avec une pile de linge à repriser qu'elle a rapportée du boulot car, dit-elle à voix haute, elle refuse de rester là à rien faire, à perdre son temps. Il le prend pour lui, alors qu'il a bien mérité un peu de repos après ses heures de manif en pleine chaleur, merde. Ses chaussures de sécurité ont commencé à lui ronger le tendon d'Achille, un peu plus chaque été, avec le frottement causé par la transpiration et ses pieds qui enflent. Cette fichue mauvaise circulation qu'il a héritée de sa mère et qui le mène droit à la phlébite. Liliane le prend un peu de haut depuis qu'elle est à son compte. Il lui est même arrivé de lui faire la leçon sur les charges patronales, lui expliquant que l'usine doit y faire face et que l'argent ne va pas que dans la poche des patrons. Là, ils peuvent soit se rejoindre, en mettant tout sur le dos des politiciens et des impôts qui étouffent l'entreprenariat et incitent les boîtes à se délocaliser, soit s'empoigner sur la question de la répartition des richesses et la pénibilité mal rémunérée des emplois du bas de la chaîne alimentaire. Ça l'irrite tellement, Robert, que ça finit toujours par lui provoquer des élancements dans la nuque, là où il s'est fait broyer les cervicales pendant une mêlée, blessure qui lui a octroyé le statut enviable de travailleur handicapé. Couplé à son mandat de représentant du personnel, il est devenu indéboulonnable. Rien qui lui vaille la compassion de Liliane, pourtant. Liliane et son corps sec et anguleux, ses yeux très bleus qu'elle souligne d'un trait d'eye-liner, bleu lui aussi, depuis toujours. Son petit carré strict, sa bouche prématurément ridée, parce qu'elle la pince en permanence. Ça a commencé quand toutes ses copines sont tombées enceintes sauf elle, et que Robert n'a pas voulu croire que le problème pouvait venir aussi de lui, refusant tout net d'envisager l'adoption. Elle ne le lui a jamais pardonné et lui présente son dos, chaque nuit, lorsqu'il vient se coucher après avoir fini de préparer les tracts pour le syndicat ou le compte rendu de réunion du conseil municipal. Il la regarde parfois, sans reconnaître dans cette femme muée en garde-chiourme la jeune fille qui venait l'encourager dans les gradins à l'époque du rugby, et dont il avait aimé le caractère déterminé. Mais si Liliane n'est plus son amante d'autrefois, elle reste son épouse. Ils se soutiennent et se supportent, c'est finalement bien plus que la plupart des couples qui les entourent. Il lui reconnaît des qualités. Elle est fine, et elle a de l'idée. C'est elle qui a proposé de toucher deux mots à Évelyne de l'attitude de Pierre-Yves, quand elle viendra récupérer les robes d'été qu'elle lui a apportées à raccourcir la semaine précédente. Elle passera forcément les chercher avant de partir à La Grande-Motte, puisqu'elle lui a confié qu'elle les a achetées pour l'occasion – elle aime bien faire un brin de toilette, le soir, quand ils vont dîner au restaurant, et la robe blanche ou la kaki mettront en valeur son bronzage.

25

La voiture de Claire est un vieux modèle de Golf. Éléonore l'adore. Son toit ouvrant, le cuir tanné avec ses coutures apparentes qui habille son volant et le pommeau de l'embrayage ; même les rayures blanches sur la peinture noire lui plaisent. L'absence de direction assistée et sa consommation excessive d'essence ne sont à ses yeux que des détails sans importance. Claire l'a héritée de son père le jour de son dix-huitième anniversaire. Éléonore et lui l'attendaient tous deux dans la Golf, sur le parking du supermarché où elle venait d'obtenir son permis. Il n'y a qu'une seule route à deux voies dans la région, menant à un rond-point en étoile qu'il faut emprunter pour aller faire ses courses. Aussi les examinateurs ont-ils pour habitude de faire passer le permis à cet endroit, et le professeur de l'unique auto-école de la ville enseigne-t-il avant tout à ses élèves comment négocier ce rond-point – c'est d'ailleurs à peu près tout ce qu'il peut leur apprendre, au regard de la monotonie des routes désertes qui sillonnent les environs.

Claire s'est installée au volant sur le chemin du retour, et elles ont déposé son père chez lui avant de partir fêter l'événement. Au bout de trois kilomètres, elles ont manqué heurter un chevreuil.

La Golf s'avère d'autant plus utile que Claire a pris la décision, après l'accident de Sauveur, d'entamer une formation de monitrice d'équitation ; or sa formation, comme presque toujours ici, l'amène à s'éloigner de la région. Après le baccalauréat, et avec les concours auxquels elle a pu participer ces dernières années, son Galop 7 en poche, décroché à force de monter Liselotte dès qu'elle avait une minute, histoire d'oublier l'odeur de la Betadine et la culpabilité qui allait avec, elle a le niveau pour envisager cette carrière. Arnaud l'y a aidée, en lui prêtant sa jument pour la sortir en compétition et passer ses examens. Elle consacre tout son temps libre à ce nouveau projet. Elle ne voit plus Thibaut, à peine Éléonore. Elle ne doit pas avoir d'états d'âme, si elle veut réussir. Elle n'a le temps pour rien d'autre.

Sauf que Thibaut est têtu. Il faut qu'il le soit pour l'avoir attendue deux ans, pour avoir ensuite supporté ces heures à l'accompagner sur les terrains de concours, à l'aider à panser son cheval malade. Il enrage à l'idée qu'elle s'éloigne sans un mot, sans le moindre égard pour tout l'amour qu'ils se sont donné.

Il l'attend un soir dans le box de Sauveur, après des semaines de silence. C'est le seul endroit où il est assuré de pouvoir la croiser. Il ne voulait pas lui faire une scène, seulement l'attendrir et se rappeler à elle. Mais le voilà qui se retrouve à lui reprocher de ne plus répondre à ses appels, déjà qu'ils ne se voient presque plus. Et après tout, il est en droit de le faire. Elle le traite si mal. Elle ne rentre plus que les week-ends, et lui passe ses soirées à la Colombière, où Philippe a accepté qu'il fasse son apprentissage de cuisinier, maintenant qu'Immondice a été placé en détention pour trafic de stupéfiants.

— Ce n'est pas que ma faute, toi aussi tu travailles tout le temps, et je ne te le reproche pas !

Elle sait qu'elle l'aurait moins aimé s'il n'avait pas été aussi investi qu'elle dans son choix de carrière. Elle aime cela chez les autres, la volonté de tout sacrifier à ses objectifs, une certaine idée qu'elle se fait de l'abnégation. Mais le sacrifice de Thibaut ne va pas si loin. Il a envie de profiter de sa jeunesse, cela peut s'entendre.

— Mais je suis prêt à faire des efforts pour qu'on se voie quand tu rentres, tu le sais très bien…

Elle lui dit que ça ne marchera pas, que leurs projets respectifs en pâtiront.

— Je ne peux pas faire de concessions.

— Tu proposes quoi, alors ?

— Qu'on arrête de se voir.

Elle le voit pâlir d'un coup.

— Tu n'es pas sérieuse ?

— C'est toi qui me forces à choisir !

Elle est presque furieuse qu'il l'oblige à prendre cette décision. L'injustice de ses propos, sa dureté, tout heurte Thibaut. Il rétropédale :

— Je sais que je t'aime plus que tu ne m'aimes, mais ça m'est égal ! Garde-moi auprès de toi, tant pis si on ne se voit pas pendant quelque temps…

— Ça ne serait pas juste pour toi.

Elle n'arrive pas à lui montrer à quel point elle l'aime aussi. Elle pleure tout en caressant le chanfrein de Sauveur, qui a de nouveau perdu du poids après sa dernière infection. Le vétérinaire craint de ne plus rien pouvoir pour lui si la situation ne s'améliore pas. Il n'a plus suffisamment de défenses immunitaires, et il est devenu résistant à tous les antibiotiques, à force d'en avoir avalé pendant des années. Thibaut est à deux doigts de lui dire qu'ils auront peut-être à nouveau le temps de se voir, lorsqu'il sera mort. Il sait que si ces mots franchissent sa bouche, il n'y aura pas de retour en arrière.

— Je passe toujours après le reste, lâche-t-il dans une moue amère.

— C'est vrai. Et tu ne mérites pas ça. C'est pour ça qu'il vaut mieux qu'on s'arrête là.

— Pour mon bien, c'est ça ?

Il est dégoûté. Le cheval est pris d'une violente quinte de toux. Claire va lui chercher un seau d'eau. Quand elle revient, Thibaut a disparu. Elle s'effondre dans la paille. Elle a l'impression qu'on lui serre l'âme à deux mains. À quoi bon tous ces sacrifices, si Sauveur finit par mourir ? Elle doit se reprendre. Son cheval est à l'origine de sa vocation, et elle lui doit de réussir. C'est à lui qu'elle sacrifie son premier amour, car il faut qu'elle paie pour les souffrances qu'il a dû endurer à cause d'elle, parce qu'on n'a pas eu la force de lui imposer sa mort. Elle se relève et laisse le cheval poser la tête sur son épaule, le caresse longuement derrière les oreilles, comme il aime qu'elle le fasse.

26

Pour l'instant, les discussions autour de l'avenir de l'entreprise sont toujours en cours. L'établissement de Saint-Yorre, bien que moribond, poursuit son activité. Depuis le rachat de la société par un groupe italien, en octobre 2002, la production d'isolant en verre a été délocalisée en banlieue napolitaine. Celle d'isolateurs en composite est en cours de délocalisation au Brésil. Seul le service recherche et développement est annoncé comme restant fixé à Saint-Yorre, ce qui leur fait une belle jambe, aux ouvriers. Pierre-Yves continue d'y travailler, son rôle de comptable ayant plus que jamais son utilité durant cette période. Prétextant un investissement croissant dans le syndicat, il a pris la décision de ne pas se présenter pour un nouveau mandat à la mairie. Celui en cours sera son dernier. Cette initiative a fini de fragiliser son couple. Évelyne ne comprend pas sa décision, qui les prive d'un statut qu'elle chérissait et d'un réseau qui aurait pu lui être utile, s'il devait être amené à chercher un nouvel emploi. Selon elle, Pierre-Yves perd son temps dans les réunions syndicales. L'usine est sur le point de fermer et il lui faut sauver sa peau tant qu'il reste des postes à pourvoir dans la région. Bientôt, il sera trop tard pour un comptable à l'ancienne de cinquante ans d'âge. De son côté, Évelyne a déjà retrouvé un emploi de secrétaire médicale à mi-temps à une cinquantaine de kilomètres de chez eux. Elle a hésité à accepter le poste, par égard envers la boîte qui l'a accueillie au sortir de son école de secrétariat. Et puis elle aura presque une heure de trajet en voiture matin et soir pour se rendre à son travail. Cela représente des frais supplémentaires, du temps de loisir en moins, de la fatigue. Elle y réfléchit, car pour Pierre-Yves l'horizon ne semble pas s'étendre au-delà de la date, encore inconnue mais prochaine, de fermeture définitive du dernier établissement de l'entreprise dans la région. C'est à elle de faire un choix raisonnable, pour sa famille, loin des idéaux de Pierre-Yves. Les soins du cheval de Claire leur coûtent les yeux de la tête. Elle va accepter le poste. Tous les matins, quand elle quittera la ville avant qu'y entre le soleil, elle passera le rond-point qui en marque la sortie et longera l'une des immenses banderoles que son mari et ses collègues ont accrochées sur tous les axes routiers des environs, avec ces mots peints en noir sur fond blanc : *NOTRE VIE EST ICI, NOS EMPLOIS AUSSI.* Ce n'est déjà plus le cas pour Évelyne. Bientôt les autres suivront, elle est juste moins sentimentale. Elle démissionnera à la fin du mois. Lorsqu'elle l'annonce à Pierre-Yves, elle a l'impression que sa décision le soulage. Sur le coup, elle pense qu'il lui est reconnaissant de faire ce qu'il n'est pas en position de faire lui-même. Elle se trompe.

27

Qui le premier a ressenti la tension dans l'air, le léger clapotis, les prémices de cette vague qui allait emporter sur son passage les machines de production, les ouvriers, les savoir-faire, les habitants, les emplois, puis, par ricochet, tous les petits commerces du coin ? Ceux qui ont assisté à la toute première assemblée générale, lors de laquelle certains ont évoqué la crainte d'une fermeture pure et simple du site de Saint-Yorre à terme, ont-ils malgré tout continué à se bercer d'illusions ? Lorsque certaines activités ont été délocalisées, en France et à l'étranger, ont-ils compris vers quoi ils s'acheminaient ? Et quand on leur a annoncé la mise au chômage technique de la quasi-totalité des effectifs de la boîte, et la fermeture envisagée dans un avenir proche ? En participant à la première manifestation, nourrissaient-ils encore de l'espoir ? Pensaient-ils réellement que le géant italien, avec ses propres établissements chez lui et au Brésil, ses succursales en Chine, n'aurait pas la peau du site historique en France ?

Pourtant ils ont dû y croire, eux qui ont occupé les lieux, se réchauffant autour de feux improvisés au milieu de la grande cour de l'usine, craignant qu'elle ne disparaisse s'ils venaient à tourner le dos. Qu'à cela ne tienne, on leur a envoyé six cars, soit trois cents CRS, pour protéger les camions d'un transporteur d'une entreprise de la ville voisine venus récupérer les stocks de verre.

Collabos ! ont-ils hurlé en frappant les flancs des véhicules tant qu'ils l'ont pu, et avant que les flics les fassent reculer.

C'est que, dans le coin, l'histoire a la mémoire longue, on en sait quelque chose, de l'Occupation et de la lutte. Cela ressurgit chaque fois qu'ils sortent leur carte d'identité : *lieu de naissance – Vichy.*

Les élus locaux se sont pointés, les CRS se sont arrêtés avant d'agir. À la place, ils sont venus partager les saucisses et le vin chaud avec les grévistes. Les habitants de la ville sont arrivés en soutien, choqués par ce déploiement de force. Ils ont rejoint le cortège qui a fait le tour de la ville, pour la forme, en fin de journée. L'espoir, la volonté, la solidarité, ça voulait dire quelque chose, non ? On a tout fait pour qu'on nous écoute, laissez-nous notre usine ! Sans elle vous tuez notre ville, vous nous tuez, nous...

Et l'eau de l'Allier a charrié leur révolte, la portant jusqu'à la mer pour la noyer dans le magma de la mondialisation – si l'on veut continuer à travailler pour la boîte, il faudra partir dans l'une des succursales à l'étranger, loin, si loin… Personne ici n'a fait plus de dix kilomètres pour quitter ses parents avant de s'installer dans sa propre maison. Beaucoup n'ont jamais vu Clermont-Ferrand, encore moins Lyon ou Paris. Autant leur proposer d'aller travailler sur la Lune.

Aujourd'hui, comme à la belle époque, ils croient encore que l'Usine va les sauver. Comme elle a sauvé leurs pères en leur fournissant du travail, un logement, les cadeaux de Noël des enfants, des stages pour les étudiants. Ils s'accrochent à ces vieilles histoires comme à un mantra. Il y a toujours eu ce petit côté mafieux : la famille n'oubliera pas votre sacrifice et s'occupera de votre corps handicapé après un accident, de votre veuve et de vos enfants si vous y laissez la peau. Et voilà que le parrain les lâche. Qu'il s'en va ailleurs, conclure d'autres affaires plus juteuses.

La France n'est plus attractive. La France, qui ignore que sur chacun de ses pylônes électriques les ronds de verre isolant les câbles électriques de la structure d'acier lors du transport d'énergie aérien sont fabriqués à Saint-Yorre, ville que l'on connaît mieux pour son eau pétillante aux effets prodigieux lors des lendemains de gueuleton. L'usine Verredis se porte très bien, l'usine Verredis est à la pointe du marché de l'isolation, l'usine Verredis fait des bénéfices pharaoniques, l'usine Verredis va fermer. Avec elle s'éteindra la sirène qui rythme la vie de Saint-Yorre, bien au-delà de ses entrepôts. Les grévistes l'ont actionnée à chaque alerte, quand on a tenté de leur retirer les matières premières, puis les outils de production. Chaque fois, la ville a déferlé sur son parking et dans sa cour, en soutien. Conjoints, enfants, amis, retraités, tous sont venus soutenir ses employés. Les anciens ont ressorti pour l'occasion leurs combinaisons de travail aux teintes si reconnaissables, gris sur vert. Ils ne laisseront pas la boîte les abandonner sans se battre, ils l'ont dit. Il s'agit de l'un de ces combats si beaux parce que sans espoir. Ils finiront bien par se lasser. Bientôt on démolira la cheminée, qui ne pourra plus leur servir de phare pour les rappeler à la maison.

28

Éléonore a fini par vivre sa seconde *première fois* l'été précédent. Puisqu'elle l'appelle ainsi, il faut bien qu'il y en ait eu une première. Mais Claire n'ose pas aborder la question. Éléonore traite le sujet avec légèreté, tout comme elle a traité le cousin de Marie-Lucie, avec laquelle elle sort régulièrement en boîte de nuit, Claire refusant toujours de l'y accompagner. Le garçon en question s'appelle Julien Laurent, nom qui sonne moins bien que celui de Grégoire Angevin quand elle l'évoque intérieurement, certes, mais Julien a eu le mérite de ne pas la faire pleurer lorsqu'il a grimpé l'escalier de secours menant à sa chambre de la tour, et de lui permettre de clôturer cette histoire de perte de virginité une bonne fois pour toutes. Depuis, de nombreux autres lui ont succédé. Et lorsqu'elle est en jachère, selon le terme qu'elle aime à employer, il lui est arrivé d'avoir recours aux services d'Immondice, qui avait l'avantage non négligeable de se trouver sur place, avant son départ forcé du restaurant. Quand Claire a tiqué, Éléonore lui a reproché d'en faire toute une histoire.

— Ce n'est que du sexe, arrête de tout sacraliser. Tant que c'est moi qui fixe les règles, ça me va.

Elle lui a sorti le même discours pour le cannabis, au départ. Elle est dans le contrôle, c'est son choix, elle maîtrise. Puis pour l'alcool. Elle fume, certes, mais elle ne boit pas. Puis, plus tard : elle ne boit que du vin, ne prend jamais de cuites avec des alcools forts. Puis elle arrête de lui en parler, c'est plus simple. À présent, c'est le sexe. Régulièrement, elle lui lance des alertes appuyées :

— Tu sais quelle est la critique que je supporterais le moins d'entendre ? C'est « Tu me déçois ». Je n'ai pas à décevoir quiconque puisque je refuse que l'on attende quoi que ce soit de moi. Tant que je suis en accord avec les limites que je me pose, ça ne regarde que moi.

Claire essaie de se convaincre qu'Éléonore a raison, après tout, qu'elle n'est pas sa mère. Quoi qu'il en soit, elles ont commencé à moins se voir. Il y a eu l'accident de Sauveur, puis son choix de faire de l'équitation sa profession. Elle lui sort les mêmes arguments qu'à Thibaut. Il faut qu'elle s'en donne les moyens. Ce sera difficile. Elle n'a pas encore le niveau. Elle doit travailler tous les jours, sortir la jument d'Arnaud en concours. Lorsqu'elle monte Liselotte, elle n'a pas besoin de la former, elle a du métier ; alors elle peut se concentrer sur sa propre position, ses propres défauts, sa formation à elle. Elle doit y consacrer l'énergie nécessaire pour progresser, vite. Elle ne s'avoue pas qu'elle est en colère contre Éléonore. Elle pense que Léo gâche son potentiel par paresse, qu'elle manque de sérieux. Elle perd son temps à de telles futilités… Pourtant elle sait que son amie a des rêves, des ambitions. Elle a toujours voulu quitter la région pour visiter le monde, aller rencontrer d'autres gens, d'autres lieux, d'autres modes de vie que celui qu'elles connaissent, cet univers étriqué qui s'est construit autour de l'usine, recréant le croissant fertile de l'Égypte antique autour d'un bras de l'Allier. Moins exotique.

29

Avant d'envoyer sa lettre de démission en recommandé à la direction, Évelyne tient à en informer son chef. Le siège social a depuis quelque temps été transféré à Paris, et les bruits de couloir annoncent sa future délocalisation dans la succursale chinoise. Il faut que la boîte garde un pied dans la ville qui l'a vue naître, aussi on y conservera sans doute un vague centre de recherche, quelques bureaux, une poignée d'ingénieurs. Une façade permettant de cacher la disparition de cette manne d'emplois pour la région. On pourra toujours dire que c'est une entreprise française, l'idée plaît.

Évelyne est devenue la secrétaire de direction d'une sous-direction locale qui n'a plus à gérer que la crise, les relations avec syndicats, grévistes et avocats. Elle a de l'affection pour Jean-Jacques Holter, c'est lui qui l'a accueillie, près de trente ans auparavant, pour son premier stage de secrétariat qui a débouché sur un contrat d'apprentissage, puis un CDI. La voie royale à laquelle aspirent la plupart des habitants du coin. Il n'est pas très drôle, ainsi que le souligne souvent Pierre-Yves, mais il est agréable de travailler à ses côtés. Il sait reconnaître la valeur professionnelle de sa secrétaire historique, lui a gardé une place à part quand de plus jeunes recrues ont rejoint l'équipe, ménageant sa susceptibilité. Il est aujourd'hui proche de la retraite, pourtant il vit mal l'agonie de l'entreprise à laquelle il a consacré sa vie.

Il sait déjà ce qu'Évelyne va lui dire, ce matin, lorsqu'elle saisit une chaise et s'assied en face de lui, ce qu'elle n'a encore jamais fait. Elle reste debout, d'habitude, son carnet de sténo à la main. Il soupire et s'appuie contre le dossier de son fauteuil à roulettes, en tissu bleu marine et gris, qu'il a récupéré quand les jolis bureaux en acajou et les sièges en cuir ont été rapatriés au nouveau siège. Il est à l'âge où certaines personnes développent des plis entre l'oreille et la base du cou lorsqu'elles penchent la tête sur le côté. Il y plonge les doigts, comme chaque fois qu'il est fatigué ou contrarié, pinçant la chair entre l'index et le majeur tandis qu'il écoute Évelyne. Puis il repousse son fauteuil, qui va rouler contre l'armoire métallique derrière lui, faisant s'entrechoquer dans un cliquetis les dossiers suspendus, et déploie sa haute stature pour venir se poster devant elle, une fesse sur son bureau. Il a une voix étonnamment jeune.

— Vous faites bien, Évelyne. N'en doutez pas.

— Merci, Jean-Jacques.

Il baisse d'un ton :

— Je peux vous parler franchement ?

— Nous n'avons toujours fait que cela, je crois.

— Je le pense aussi.

Il soupire.

— Dites à votre mari de faire comme vous, de passer à autre chose.

Elle ne s'attendait pas à ce que son chef évoque Pierre-Yves. Elle ne dit rien, se contentant de le regarder avec perplexité. Il voit qu'elle ne sait rien.

— Pierre-Yves aurait dû continuer à se battre pour la boîte, ou partir. Or, il a commencé par se retirer du syndicat. Et depuis un moment il s'est mis à passer beaucoup de temps avec deux de nos ingénieurs, qui depuis ont quitté l'usine pour créer leur propre entreprise. Je ne sais pas quels sont leurs projets, mais ils n'envisageaient pas de couler avec le navire. Et je pense qu'ils ont trouvé une certaine utilité à votre mari. Laquelle, je l'ignore. Je serais lui, j'éviterais de les fréquenter. De mon côté, je vais devoir enquêter sur la question, et si leurs projets devaient mettre l'entreprise en péril je me verrais alors contraint de prendre certaines mesures qui pourraient éclabousser votre famille. Faites-lui passer le message, Évelyne, je compte sur vous.

Évelyne n'a aucune idée de ce à quoi son patron fait allusion, mais il s'est toujours montré bienveillant à son égard. En lui disant cela, il ne lui veut que du bien. Elle se sent idiote, de ne pas comprendre, de n'avoir rien su, pour le syndicat et le reste. Il va falloir qu'elle ait une conversation avec Pierre-Yves, même si son époux est maître dans l'art de noyer le poisson.

En descendant récupérer sa voiture sur le parking, elle fait un détour par la cour centrale encombrée de sacs de sable destinés à produire le verre, où le four verrier vit ses dernières heures. Bientôt, on éteindra sa flamme. Quelques jours plus tard, Jean-Jacques Holter sera séquestré durant cinq heures en compagnie de son directeur des ressources humaines, pour obtenir des informations et des données sociales afin de préparer la réunion du comité central d'entreprise prévue à Paris. Plus rien ne se passe à Saint-Yorre. C'est ce qu'on pourrait croire. Mais les grévistes vivent encore. Et s'ils doivent couler, ils comptent le faire avec panache.

30

Éléonore a toujours voulu partir. À l'adolescence, avec la maladie de sa mère, cette envie s'est muée en besoin. Dans l'urgence de son désir, elle n'a aucune idée précise d'où aller, ni pour quoi y faire. Elle veut juste fuir ce trou. Elle rêve des grandes villes qu'elle ne connaît que par les magazines *GEO* de son père, où elle se perdrait et serait anonyme. Elle vomit l'hôtel-restaurant dans lequel elle est en représentation devant les clients à tout instant de sa vie. Une plaie. Elle veut vivre au rythme qui sera le sien, ne jamais se sentir empêchée comme le sont ses parents avec ce restaurant qui les cloue au sol. Elle ne veut aucun fil à la patte, s'imagine en artiste, à l'image de Dora Maar ou de Patti Smith. Elle commence à l'envers, se voyant prendre son indépendance avant même de s'intéresser de plus près à l'art photographique, dont elle souhaite vivre. L'idée ne l'effleure même pas de se plonger dans des études de photo, puisqu'elle part du principe que l'art est fait d'instinct, et n'envisage pas que cela puisse impliquer un travail de fond conséquent. Elle s'inscrit donc en fac d'anglais, pour s'offrir la possibilité de voyager en Erasmus. Elle est Cécile de France dans *L'Auberge espagnole*, mais elle vise plutôt New York, s'imagine visiter le Chelsea Hotel sur les traces de Patti Smith, bien sûr, mais aussi de Kerouac, de Bob Dylan, de Niki de Saint Phalle. Peu lui importe la forme d'art, tant qu'elle devient une artiste. Elle qui a fini par abandonner la guitare, faute de discipline, n'a pas d'appétence particulière pour la littérature, n'a jamais aimé peindre ou dessiner, se plaît donc à s'imaginer photographe. L'immédiateté du processus la séduit. Elle s'achète des bottines montantes à lacets, un Perfecto en faux cuir et un chèche rouge et blanc, une besace en toile de jute et un petit appareil photo numérique. Des photos, elle en prend peu. De cette période, elle gardera deux clichés : Claire et Liselotte s'envolant sur un oxer par temps de pluie, et un gros plan sur des manifestants de Verredis réunis autour d'une estrade sur la place de la mairie. Pour celle-ci, on lui a donné un billet en échange de l'autorisation de la diffuser dans le journal du syndicat, puis dans *La Montagne*. C'est un premier succès, mais Éléonore ne s'en empare pas. Elle se préserve pour la suite, prend une année de césure afin de participer à un stage photo dans le cadre d'un échange aux États-Unis. Elle espère New York, on lui annonce le Wisconsin, soit l'une des régions les plus agricoles des États-Unis. Lorsqu'elle appelle Claire pour le lui annoncer, elle en rit.

— T'imagines que ce sera peut-être encore plus la campagne qu'ici ? Mais c'est pas grave, mon Clairon. Ça ne semble pas si éloigné de New York sur la carte qu'ils m'ont donnée, alors je m'arrangerai pour y aller. Et puis c'est loin d'ici, c'est ça qui compte.

Claire ne partage pas son envie d'ailleurs, mais elle la soutient. L'idée de la savoir aussi loin d'elle durant plusieurs mois lui pince le cœur. Même si elles se voient moins, sa présence en haut de la colline, juste de l'autre côté de l'Allier, a toujours été un point d'ancrage. Lorsqu'elle l'emmène à l'aéroport, les parents d'Éléonore n'ayant pas la possibilité de fermer le restaurant pour l'accompagner, elle la serre contre elle, longtemps.

— Toi, tu deviens une déesse de l'équitation pendant mon absence, OK ? Mais tu fais attention à toi quand même. À mon retour, tu viendras m'accueillir. Et alors tu pourras me dire si je ressemble à une vraie artiste.

Claire voudrait lui demander pourquoi elle pense qu'elle devrait avoir l'air d'être une artiste. Si elle l'est, elle doit pratiquer son art. Point. Peu importe à quoi elle ressemble. Claire pense être une cavalière, même si elle ne monte pas un cheval de grand prix, avec du matériel coûteux. Parce que c'est ce qu'elle est. Intrinsèquement. Si elle ne monte pas à cheval, sa vie n'a plus de sens. Et, sans parvenir à mettre des mots dessus, elle pense que cela s'applique à l'art. Un artiste le devient parce qu'il ne peut vivre sans créer. Et toute sa vie ne sera qu'une quête vers l'amélioration de sa technique pour transmettre le message qu'il porte. Tout comme elle entend passer sa vie à s'entraîner pour améliorer sa technique équestre. Même si les moments de grâce ne sont que d'éphémères épiphanies, elle ne vit que pour les atteindre. À ses yeux, le voyage d'Éléonore devrait n'avoir pour but que le voyage. Elle est convaincue que son amie n'a pas besoin d'aller chercher si loin l'inspiration. Peut-être lui en veut-elle seulement de partir, ou l'envie-t-elle. Peut-être encore se rend-elle compte qu'elle va terriblement lui manquer.

Éléonore, elle, est tout à son projet. Elle ne pense à rien d'autre, n'a aucune empathie envers ceux qu'elle laisse derrière elle. Son enthousiasme la porte. Elle en a grand besoin, lorsqu'elle atterrit à l'aéroport de Milwaukee et que la neige imbibe ses bottines et flétrit le similicuir de son Perfecto. Elle s'enrubanne dans son chèche et serre sa besace contre son ventre pour se réchauffer en attendant qu'on vienne la chercher. La maison de sa famille d'accueil est à une heure de bus de l'université qui accueille le programme d'échange. Après une nuit au cours de laquelle elle ne parvient pas à dormir, loin de tous ses repères, et où elle pleure l'absence de ses petites sœurs de l'autre côté du couloir de sa tour, elle est obligée de se lever tôt pour prendre le bus afin de se rendre à la journée d'intégration des étudiants étrangers. Elle est terrifiée à l'idée de se tromper de destination et regrette l'accent londonien de son professeur d'anglais. Elle trouve par miracle le bâtiment dans lequel elle doit se rendre, parce qu'elle identifie un étudiant français à son sac à dos Eastpak bleu ciel qu'ont adopté de nombreux garçons de son lycée. Il s'appelle Hugo, et elle se colle à lui pendant trois jours – il est ici depuis près d'un mois et sait déjà se repérer aux alentours du campus. Le soir du troisième jour, le fils de sa famille d'accueil, un grand type un peu mou, lui demande en ricanant s'il est vrai que les Françaises ne s'épilent pas. Son père et lui trouvent la remarque désopilante. Ça leur fait la soirée, qu'Éléonore finit enfermée dans sa chambre en réfléchissant à la première chose qu'elle photographiera en arrivant à New York pour se donner du courage. Le quatrième jour, Hugo lui propose de fumer un joint avec lui à la pause du matin. Elle accepte surtout pour conserver son amitié. Elle préfère fumer pour se détendre en soirée que pour planer en plein cours. Lorsqu'ils se font arrêter, elle n'a eu le temps de tirer que quelques lattes. Elle tremble d'angoisse tout le temps qu'elle reste au poste de police, en attendant qu'un membre quelconque de sa famille d'accueil vienne lui apporter ses affaires en lui notifiant qu'ils ne souhaitent plus entendre parler d'elle. Son chèche a disparu. On lui envoie une traductrice qui s'entretient longuement au téléphone avec les services de la scolarité de sa fac référente à Clermont. La femme la fait ensuite entrer dans une grande salle, face à un homme qu'elle pense être un juge, car il lui passe un savon en anglais pendant qu'elle pleure de fatigue et de panique. Elle n'entend rien à la traduction de cette femme qui l'accompagne et la méprise ouvertement comme si elle était une vulgaire délinquante. Elle finit par comprendre qu'on va la reconduire à l'aéroport sous bonne garde, et qu'elle n'aura pas le droit de remettre les pieds dans cet État durant cinq ans. Grand bien leur fasse, elle hait cet endroit et veut juste rentrer chez elle. Elle parvient à obtenir de la traductrice qu'elle prévienne ses parents de son retour pour qu'ils viennent la chercher à l'aéroport. Son père envoie Thibaut à sa place. S'il lui annonce que c'est parce que le service de midi est complet, elle n'est pas dupe. Elle sait qu'Hélène et Philippe ont mieux à faire que de venir récupérer leur ingrate de fille, déjà que ça leur a coûté cher de l'envoyer à l'autre bout du monde, tout ça pour qu'elle passe son temps à se shooter comme une hippie. Elle se blottit contre Thibaut pendant de longues minutes. Elle est sale et ses cheveux sentent le gras. Lui sent l'odeur de la cuisine au beurre de son père. Sur le chemin du retour, elle refuse d'entrer dans les détails de sa déconfiture. Il saura seulement qu'elle n'a pas aimé le voyage, et n'a pas eu le temps de se rendre à New York. Elle n'est partie en tout et pour tout que six jours. Et elle n'a pas pris une seule photo. Claire n'est pas venue la chercher. Elle ne sait même pas qu'elle est rentrée.

31

Pierre-Yves a assisté à sa dernière réunion du conseil municipal. On l'a remercié de ses bons et loyaux services. Il songe que c'est très certainement la dernière fois qu'il sera loué pour son travail. Il a cru, dans un premier temps, qu'il parviendrait à s'en sortir sans que son nom soit associé au scandale sur le point d'éclater. Il a tout fait pour rester dans les clous, ne sera pas inquiété par la justice. Seuls les ingénieurs se sont mouillés. Il fallait leurs compétences pour analyser les plans de fabrication des isolants, les exploiter et les vendre à la concurrence. Il n'a servi que d'intermédiaire, a assuré le résultat comptable de la transaction. Mais l'accord financier intervenu est son œuvre. Les autres ont quitté Verredis, sont partis monter leur société, officiellement. Il est resté et a œuvré pour eux en sous-marin, récupérant les plans sur le serveur de la boîte. À présent, le concurrent chinois de l'acheteur italien détient les secrets de fabrication du verre d'isolement. C'est la fin d'un monopole sur le marché mondial. C'est la fuite d'un savoir-faire historique. L'usine ne pourra pas faire face, les Chinois vont remporter tous les marchés. Les commanditaires de Pierre-Yves n'ont pas mis les mots dessus, mais il sait comment on appelle cela. De l'espionnage industriel. Et le chef de sa femme a levé le lièvre. Il va le lui dire, que son mari est une taupe. Qu'il a fini de couler Verredis, que c'est lui qui a jeté la dernière poignée de terre sur son cercueil. Il sera la bête à abattre. Même si la boîte était déjà en train de couler avant qu'il ne prête la main à leurs magouilles, juste dans le but de se faire un petit bonus, payer les soins de Sauveur. Il leur faudra un coupable. C'en est fini de sa réputation de type bien. Il va devoir partir. Évelyne ne le suivra sans doute pas. Elle ne lui pardonnera jamais, quelles que soient ses raisons d'avoir agi ainsi. Il pourra lui dire qu'il a paniqué lorsqu'on a évoqué la réduction de salaire de 5 % prévue pour 2005. En réalité, il avait donné son accord bien avant aux deux anciens ingénieurs, ceux que l'on reconnaît à leur polo rentré dans leur jean, le badge de l'entreprise en collier ou pincé dans le passant de la ceinture. Ils sont plus maigres et mous que les ouvriers qui viennent aux réunions avec leurs blousons informes qu'ils mettent depuis les années 1980, souvent en similicuir marron. Ceux-là portent la moustache, alors que les ingés sont rasés de près.

C'est l'un de ces derniers, Favrier, qui a approché Pierre-Yves un matin, alors qu'il buvait son café en lisant *La Montagne*, chez Francette. Au début, il lui a fait miroiter un poste de comptable dans leur société, quand l'usine aurait fermé. Pierre-Yves l'a envoyé chier. Favrier s'y attendait. Il n'en a plus parlé pendant quelque temps, s'est contenté de partager le comptoir avec lui tous les matins, de commenter les résultats des matchs de la JAV, de l'ASM, du Clermont Foot. Il est revenu à la charge après le rachat de la boîte par le concurrent italien, qui a causé des remous d'inquiétude autour du percolateur de Francette. Même si l'on a cru, à l'époque, que cela préserverait l'emploi sur place, le spectre du plan social était dans toutes les conversations. Pierre-Yves n'a rien dit. Il a continué de remplir sa grille de Loto, la même à chaque tirage depuis vingt-cinq ans sans aucune omission, ferré qu'il est par l'inquiétude que ses numéros puissent sortir s'il oublie de jouer ne serait-ce qu'une fois. Mais il ne l'a pas rabroué, cette fois-là. Favrier avait tout son temps. Il n'en était qu'aux balbutiements de son projet avec Masson, le collègue avec lequel il avait prévu de monter son entreprise, quand on leur demanderait de vider leurs bureaux. C'était de bonne guerre. On allait les priver de leurs emplois, alors qu'ils avaient tout donné à l'usine depuis la sortie de l'école d'ingénieurs. Ils seraient plus malins que ceux de la chaîne. Ils savaient qu'ils avaient affaire à plus fort qu'eux. Que les manifestations ne mèneraient à rien. Ils s'étaient joints aux différents cortèges pour la forme, tout en préparant leur sécession aux petits oignons. Et quand ils sont finalement partis, personne ne leur a reproché de tenter leur chance à leur compte, même si certains ont jalousé leur tentative risquée. On a demandé à voir si ça allait marcher ; à eux de le leur prouver. C'est qu'ils avaient un atout dans leur manche, un pion dans la boîte, qui avait le couteau sous la gorge avec les frais auxquels il devait faire face. Pierre-Yves Chevalier, le comptable insoupçonnable, le syndiqué modéré mais fiable, l'élu local qui soutenait le mouvement social.

Ils l'avaient repéré quand, après avoir manqué quelques jours de travail au moment de l'accident du canasson de sa gamine, il était allé, dès son retour, s'épancher auprès de Francette sur le coût des soins tout en grattant un Banco. Ils l'avaient vu transpirer au moment de l'annonce des baisses de salaires et de la suppression des heures supplémentaires.

Favrier a su saisir son moment, et le soir où l'on a évoqué la perspective du chômage technique il l'a attendu à côté de sa Mégane. Ils allaient avoir besoin de lui, bientôt, dès qu'ils auraient les reins suffisamment solides pour prendre un employé, et payer les charges sociales que cela implique. Ils avaient une piste, cependant. Un gros contrat avec un concurrent chinois. Mais, pour cela, il fallait céder les plans de fabrication. Et vite. Car l'objectif des Italiens, ils le savaient, avait toujours été de délocaliser. Il leur fallait absolument conserver ce savoir-faire né à Saint-Yorre et jamais égalé. Ils savaient tout. On avait tenté de les endormir avec un projet à l'échelle européenne, mais jamais la fermeture de l'usine n'avait été écartée du projet patronal. Tout au plus ajournée. Et eux, ils étaient les détenteurs de ce savoir-faire, à l'origine de toutes les améliorations des plans depuis ces quinze dernières années, a argumenté Favrier. C'était leur propriété intellectuelle, pas celle d'une boîte aujourd'hui aux mains des Italiens, qui les avaient bien baisés, les baiseraient tous, à la fin, Pierre-Yves compris. De toute façon, l'usine allait couler, et il était certain que seule une poignée de salariés accepterait d'aller bosser à l'étranger, même si le statut de travailleur expatrié était alléchant. Déjà qu'ils avaient refusé le plan de reclassement proposé par le siège… Les ingénieurs devaient récupérer le fruit de leur travail. Et si Pierre-Yves les y aidait, il aurait sa commission au passage, avec promesse d'embauche à la clef.

Pierre-Yves ne l'a pas envoyé au diable. Il a demandé du temps pour y réfléchir ; temps qu'on lui a accordé avec mansuétude. Il a accepté le soir où le verre a quitté les entrepôts à bord de grands camions entourés de CRS, car on ne faisait plus confiance aux ouvriers pour s'abstenir de foutre la merde. Lorsque le processus d'extinction des fours a été mis en œuvre, il a descendu l'escalier de son bureau, un carton sous le bras, avec dedans l'unité centrale de secours contenant une copie du serveur au cas où l'une des sauvegardes journalières échouerait. Le lendemain, il l'a remise en place, mais les deux ingénieurs avaient ce qu'il leur fallait sur disquettes, et lui avait en main un accord prévoyant le pourcentage qu'il toucherait sur le contrat de cession conclu avec la boîte chinoise. Les Italiens ont acheté du vent, un savoir-faire exclusif qui s'était déjà fait la malle et serait en Chine bien avant que leurs établissements sur place soient prêts à fonctionner.

Lorsque plus de cinq cents semi-remorques commencent les allers-retours dans la cour de l'usine pour retirer les derniers stocks de produits semi-finis, sur décision du tribunal et réquisition du préfet de l'Allier, et cette fois-ci sans résistance, les plans se trouvent déjà entre les mains de leur concurrent chinois.

32

Quand Pierre-Yves rentre du travail, il trouve Évelyne dans le salon devant les infos régionales. Le repas n'est pas prêt, la table pas mise. Elle est assise dans le canapé du salon et a allumé une cigarette, ce qu'elle n'a pas fait depuis le jour où elle a appris qu'elle était enceinte de Claire. Il s'assoit à côté d'elle et écoute un moment la voix off qui parle d'eux.

... dont la fermeture a été annoncée vendredi dernier, entraînant le licenciement de deux cent quatre-vingt-six de ses trois cent dix salariés. L'an dernier, Verredis avait déjà exporté la moitié de sa production de son site de Saint-Yorre vers la Chine, où a été construite, en 1994, une usine de scellement. D'ici quelques mois, ces pièces seront produites dans un four en construction dans la région de Shanghai...

Évelyne coupe le son du poste. Elle ne le regarde pas quand elle prend la parole, les yeux fixés sur l'écran, où un avocat de la boîte est interrogé sur sa stratégie concernant la suite de la procédure, qui ne pourra déboucher que sur des indemnités de licenciement, à présent que tout est fini.

— C'est à eux qu'ils ont vendu les plans ? À l'établissement de Shanghai ?

— Non. À la concurrence sur place. L'établissement de Verredis à Shanghai ne sera prêt à fonctionner que dans quelques mois, le temps que le transfert de matériel et de main-d'œuvre qualifiée s'achève.

Pierre-Yves n'aurait pas pensé qu'avouer lui procurerait un tel soulagement. Il s'effondre contre le dossier du vieux canapé en cuir vert qu'ils ont acheté avant même d'habiter dans la maison, pour meubler leur premier appartement, et qu'ils n'ont pas changé depuis.

— Qu'est-ce que tu es allé foutre avec eux ?

Elle pleure, à présent, le dévisage enfin avec toute la rage du monde.

— On avait besoin d'argent, pour Sauveur...

Elle le frappe fort, sur l'avant-bras, se met à lui crier dessus en serrant les dents :

— Pourquoi tu ne m'en as pas parlé ? Comment tu as pu...

Il n'esquive pas les coups, qui ne lui font pas vraiment mal.

— Je pensais pas que ça irait si loin...

Il lui dit tout. Le plan des ingénieurs, leur projet, et cette histoire de propriété intellectuelle, qui leur appartiendrait à eux, pas à l'Usine, qui est en train de les trahir. Sauf que, pense Évelyne, c'était la seule carte encore entre les mains de la boîte pour rester compétitive et offrir une solution de repli à ses employés, même dans un autre pays. Elle ne se relèvera pas, ou très difficilement, de la vente à la concurrence de ses secrets de fabrication.

— À quoi tu pouvais leur servir ? Tu n'y connais rien, à tout ça...

— Je n'ai servi qu'à faire le montage financier dans le cadre de la transaction. Pour que tout soit légal sans que ça se voie trop.

Il fait une pause.

— Et je leur ai permis de récupérer les plans sur le serveur de secours.

— Ils se sont fait choper, tu sais. Holter est au courant. Ce n'est qu'une question de temps, mais tout se saura.

— C'est moi qui lui ai craché le morceau.

— Pardon ?

— Je m'en suis voulu, après coup. Je les ai dénoncés. Les informaticiens de Verredis ont remonté leurs traces sur les serveurs dont je m'étais servi, ils ont de quoi prouver la fraude.

— En somme, tu t'es contenté de prendre leur fric ?

— Ils se sont fait des couilles en or en vendant ça aux Chinois, je n'ai eu qu'une petite commission, en tant qu'intermédiaire. C'est eux les pourris, je n'ai fait que prendre ce qu'il y avait à prendre.

Il la dégoûte.

— La boîte m'a déjà proposé un poste, pour me remercier de ma loyauté. Elle va pouvoir agir en justice contre les Chinois, ils le savent, ils vont faire un gros chèque pour étouffer l'affaire. Suffisamment pour permettre à Verredis de se refaire.

Elle crache un rire de mépris.

— Mon pauvre Pierre-Yves, tu retournes ta veste tellement vite que je vais finir par m'enrhumer, avec tout le vent que tu fais !... Et c'est où, ta planque ?

— Au Brésil.

Un silence.

— Quand est-ce qu'on doit partir ?

Il relève la tête, surpris de l'entendre s'associer au projet.

— Eh bien, quoi ? Tu as fait ça pour nous, non ? Pour Claire ? Je ne vais pas te laisser assumer ça tout seul...

Pierre-Yves se met à pleurer. Évelyne a pitié de l'homme qu'il est devenu, avec ses magouilles, son début de calvitie à l'arrière du crâne sur laquelle il passe ses mains tremblantes. Elle va devoir tout abandonner ses amis, ses habitudes, son statut social, sa fierté. Sa fille, aussi, qui va continuer sa vie ici sans eux. Il faudra qu'elle se répète souvent qu'il a fait cela pour elles.

— C'est juste l'affaire de quelques années, le temps que ça se tasse, croit-il bon de préciser.

Elle se lève et quitte la pièce.

33

Marc est simple et direct. Il a bien vu que l'homme qu'il avait face à lui était un peu farouche, bourré de doutes, et qu'il fallait mettre de la douceur dans sa tentative de rapprochement. Mais il a pris le parti d'afficher ses intentions sans ambages, et de ne pas laisser le temps à Arnaud de réfléchir trop longtemps. Son intuition s'est révélée juste. Arnaud lui a fait confiance, et a compris que leur relation serait comme lui, sans aspérités. Ce que Marc n'avait pas prévu, c'est l'amour immense qui lui fondrait dessus, une fois estompées les premières flambées de désir. Arnaud est doux, Marc le voit dans son approche de la technique équestre, dans son contact avec ses cavaliers, dans sa manière d'enseigner. Il ne porte aucun jugement, prend les choses comme elles viennent et s'en accommode. Lui aussi est un homme simple, mais dans une autre acception du terme, de ceux qui se laissent à la merci d'autrui, toutes barrières abaissées. Raison pour laquelle le rejet progressif de ses voisins, quand ils ont compris que son nouveau colocataire ne dormait pas dans la baignoire, l'a écorné. Marc a craint qu'il ne s'éloigne de lui, mais Arnaud a alors dévoilé la grande force de caractère qui habite les hommes tranquilles. Il n'a pas fait machine arrière. Et lorsqu'il s'est trouvé très occupé par les cours, les soins au cheval malade qu'il héberge et l'entretien de sa propre bête, il a accepté que Marc s'installe chez lui, pour s'éviter des trajets qui rogneraient tant sur leurs obligations mutuelles que sur leur temps passé ensemble. Tous les matins, Marc le voit saluer la voisine d'à côté d'un air farouche, son café à la main, alors que la vieille a cessé depuis longtemps de lui retourner son bonjour de ses doigts noués d'arthrite. C'est sa propriétaire, pourtant, et le bail prendra fin, un jour ou l'autre. Arnaud sait – Marc aussi – qu'ils devront alors prendre une décision, car on ne le lui renouvellera pas.

Pourtant il fait l'autruche, et Marc, qui sent ses sentiments enfler et ne sait qu'en faire, ne parvient pas à mettre le sujet sur le tapis. Ils vivent un temps suspendu dans la petite bicoque de fermier. La journée, ils donnent leurs cours, lui dans le centre équestre qui l'emploie, Arnaud auprès de ses élèves propriétaires. À la maison, ils entretiennent les extérieurs, rafistolent les clôtures, passent au broyeur les buissons noirs dont les aiguilles menacent la santé de leurs bêtes, pansent Sauveur et, lorsqu'ils le peuvent, comble du plaisir, montent à cheval ensemble.

Car Sauveur est entré en rééducation. Il s'est – encore une fois, mais ce cheval déjoue tous les pronostics – remis d'une nouvelle infection qui a failli l'emporter. Il a repris du poids, et Claire sa respiration. Le vétérinaire a décidé qu'il lui fallait à présent cesser de stagner de la mangeoire à l'abreuvoir, pour dérouiller sa carcasse qui commence à se remplumer. Il ne manquerait plus qu'il fasse une fourbure en plus du reste. Il faut le monter en douceur, de sorte qu'il réapprenne à marcher avec un tendon releveur en moins. L'articulation de son genou droit s'est enraidie pendant sa période de convalescence, aussi, tout doucement, Arnaud et Claire ont commencé à le longer en terrain meuble, au pas, puis à le promener dans les chemins, comme un chien. C'est presque un chien, d'ailleurs. Parfois, il se couche dans son pré tel un sphinx ; alors Claire se blottit contre son ventre, dans le creux de ses jambes, et lui caresse la tête en lui parlant comme à un chiot. Il accompagne Arnaud dans ses allers-retours entre les box qu'il nettoie chaque jour et paille une fois par semaine. Il suit la broyeuse que Marc traîne derrière un vieux tracteur en lui criant dessus avec de grands gestes destinés à l'effrayer, pour qu'il ne se prenne pas un jet de ronce intempestif dans l'œil, ce grand couillon. Il sautille en jouant avec le chat d'Arnaud qui chasse les taupes dans le terrain bosselé par leurs ravages souterrains. C'est en voyant ses acrobaties de plus en plus stables sur trois pattes que le vétérinaire décrète qu'il est à présent possible de le monter, au pas, sur des chemins herbeux et en évitant autant que possible les sols trop durs dans un premier temps. Claire laisse Arnaud s'en charger quand elle est en cours ou ne peut venir s'en occuper.

Ce dimanche, Marc propose à Arnaud de l'accompagner sur Liselotte. Le temps est menaçant, mais ils pensent pouvoir rentrer avant la pluie. Dans le doute, ils ont tout de même protégé les chevaux de couvertures imperméables qui bruissent à chaque pas. Sauveur a un peu de mal à s'y habituer, et fait quelques pas de côté maladroits quand Arnaud se hisse en selle. Marc prend la tête de la balade sur Liselotte, dont le calme apaise son compagnon, qui se met à la suivre dans l'herbe sur le bas-côté du chemin. Arnaud le laisse aller à son rythme. Après quelques minutes, ils peuvent marcher de front, flanc contre flanc, dans la bruine légère qui dépose de toutes petites perles sur les quelques cheveux blancs échappés de la casquette de grand-père que porte toujours Marc.

Même au pas de rééducation, la promenade a son charme. Un peu plus loin sur le chemin, ils voient évoluer les premiers participants à la marche de solidarité aux salariés grévistes, qui lèvent des fonds ce jour-là pour leur permettre de survivre à l'interruption de leur travail à la suite de l'arrêt du four. Le transfert d'activité vers les établissements est à l'arrêt, dans l'attente de la validation du plan social. Les ouvriers se sont mis en grève, et cette inactivité amplifie les tensions. Sans avoir à se concerter, Marc et Arnaud dévient sur un itinéraire alternatif ; ils ne veulent pas effrayer les chevaux avec le bruit du cortège des militants qui se joindront à la balade. Et puis Marc n'aime pas sentir la vague de froid traverser les voisins d'Arnaud à leur passage. Arnaud, qui ne veut pas montrer que cet ostensible rejet le touche. Arnaud, dont il admire la monte légère à ses côtés, souple pour soulager le dos de l'animal déjà transpirant sous l'effort. Sur son encolure, la sueur se distingue bien de la bruine, laquelle se contente de déperler sur le poil d'hiver dont Sauveur peine à se débarrasser avec la persistance des gelées nocturnes. Marc a enfilé son grand imperméable de pluie, ouvert sur l'arrière pour épouser la croupe de son cheval ; il est protégé de l'humidité jusqu'aux pieds. Arnaud s'est contenté d'enfiler son Barbour et commence à être trempé. La pluie se renforce plus tôt que prévu. Ils évoluent dans une brume humide et triste, sous les arbres luisants d'eau comme des batraciens. Marc remonte son col et se retrouve dans une bulle silencieuse où résonnent le bruit des sabots de la jument sur les pierres glissantes du chemin et celui des gouttes de pluie épaisses coulant depuis l'arche des arbres en un rythme irrégulier. De temps en temps, son genou effleure celui d'Arnaud. Ils prennent un virage où le chemin débouche sur un bout de route qu'il leur faudra traverser, bordé par un abribus en pierre vide.

— Mettons-nous à l'abri le temps que ça se calme, propose Marc, arguant que cela offrira une pause à Sauveur.

Ils attachent large leurs montures à deux poteaux d'acacia qui marquent l'entrée d'un pré où elles pourront brouter sous le couvert d'un noyer. De leur abri, ils peuvent les surveiller. Ils s'assoient sur le banc en bois bancal niché dans sa coque de pierre froide et humide envahie de lierre, chacun à un bout afin de se prémunir du jugement des marcheurs retardataires. Ils ne parlent pas, mais il n'y a aucune gêne entre eux. Ils sont plutôt du genre taiseux. Appuyé contre la pierre mouillée, Arnaud laisse son regard errer sur les deux bêtes en train de fourrager malgré leurs mors dans l'herbe haute et riche du printemps. Il ne regarde pas Marc quand il lui dit :

— Tu vois la scierie, en haut de la côte des Graviers, juste avant le pont de chemin de fer ?

— Celle qui est dans le virage ? Avant d'entrer dans la forêt ?

— Oui, celle-là.

— Eh bien ?

— Eh bien, elle est à vendre.

— Ah.

— Je me disais que ça ferait un local sympa pour y installer des box. Et puis il y a des prés, tout autour... Et le terrain est plat, on pourrait y faire une carrière...

Marc ne comprend pas où il veut en venir.

— Je me disais aussi que c'est à l'écart du monde, et qu'on y serait bien.

Marc se tait toujours, alors Arnaud s'emballe pour combler le silence, qui soudain l'effraie :

— On pourrait monter un centre équestre. Celui dans lequel tu bosses est le plus proche d'ici, et c'est encore loin. Il y a pas mal de cavaliers dans le coin, si on ouvre une écurie de propriétaires, ça pourrait nous permettre d'en vivre, même s'il nous faudra nous endetter pour quatre générations. Alors peut-être que ça ne t'intéressera pas. Je pensais aussi qu'il y a une petite maison sur l'arrière, et que nous pourrions y vivre. Il y aura des travaux, bien sûr, mais à deux on pourrait en faire quelque chose...

Il s'arrête de parler, à court d'arguments et de souffle. Marc se lève. Il a besoin de faire quelque chose de ses jambes. Il ouvre la fermeture Éclair de sa veste, glisse ses mains dans ses poches et commence à déambuler dans le périmètre restreint de leur abri.

— Ce n'est qu'une idée, hein, je sais que c'est prématuré...

Arnaud se lève à son tour. Il se serait giflé. Il fout en l'air tout ce qu'ils ont construit ces derniers mois, parce qu'il a été trop gourmand.

— Marc, je…

— Tu es trempé.

— Pardon ?

Marc lui désigne sa veste qui goutte sur ses bottines. Il s'approche de lui et la déboutonne avant de la lui retirer. Il la pose sur le banc, ouvre grand sa cape, et enveloppe son amoureux contre lui.

— Viens ici, tu dois être gelé.

Ils dégagent une chaleur moite, à l'odeur des animaux contre lesquels ils se sont frottés un peu plus tôt. Arnaud noue ses bras dans le dos de Marc, qui le serre dans les pans de son imperméable.

— Au moins nos bêtes ne risqueront pas d'avoir les pieds dans l'eau, là où est située la scierie.

Arnaud le serre un peu plus fort. Ce moment est parfait, pense-t-il alors que la barbe de Marc gratte sa joue mouillée. Ils se foutent de sentir la sueur et le poney. Puis il y a ce bruit de moteur, dans leur dos, et rien ne sera plus jamais pareil.

34

Une heure environ après le départ des manifestants, il se met à pleuvoir. Beaucoup. Une pluie fine, froide et pénétrante, brossée par le vent. Ce n'est pas une bonne nouvelle, parce que les officiels venus pour l'occasion repartent assez vite, entraînant les journalistes dans leur sillage. Fort heureusement, on a eu le temps de les filmer en train de faire de gros chèques à l'ordre du fonds de soutien aux grévistes. C'est l'objectif de cette marche, après tout. L'autre problème, c'est que la plupart des participants sont d'anciens salariés à la retraite, ou les familles des ouvriers, avec leurs enfants. Puisqu'on a bon cœur – on est de gauche, après tout – on ne peut pas laisser les vieux risquer la pneumonie, ou les enfants s'enrhumer sous la pluie, sinon on ne nous les prendra pas à l'école lundi, et on a une grève à gérer, on ne peut pas être partout. Robert Tavernier n'a pas pu participer à la manifestation, à cause de son tendon d'Achille atrophié. Il gère les à-côtés, mais cela tourne vite à la débâcle, puisque même le ciel est contre eux ce jour-là.

Comme il est venu avec sa fourgonnette, il propose de faire des rondes sur le trajet de la randonnée et de ramener au foyer rural ceux qui préfèrent s'arrêter là. Si Pierre-Yves avait été présent, peut-être est-ce lui qui l'aurait accompagné. Et cela aurait pu bien se passer. Chevalier connaît le plus jeune des deux hommes, puisqu'il donne des leçons d'équitation à sa fille, et qu'il a continué même lorsqu'on a appris de quel bord il est. Pierre-Yves est de ces types qui prônent la tolérance. Mais il a déserté, alors Robert emmène un autre collègue, comme lui rescapé de l'ancienne équipe de rugby, échoué à la chaîne de la verrerie et qui vit tout aussi mal la période d'insécurité dans laquelle ils se trouvent. Thierry Crequet, surnommé le Criquet. Il vit toujours chez ses parents à quarante ans passés. Deux ans plus tôt, ils ont eu l'espoir de le voir vider les lieux lorsqu'il s'est mis à fréquenter la nouvelle prof de gym que la commune avait embauchée pour faire lever les genoux aux dames du club du troisième âge. Puis il a commencé à craindre de perdre son travail et s'est remis à téter le goulot avec d'autres voisins dans la même situation. Anne l'a laissé tomber, et tout ça c'est à cause de la boîte, il le martèle au bistrot de Francette où on peut le trouver entre les heures de boulot, à la caisse du Super U, chez la boulangère, à la poste et à la mairie, et quand il n'a plus soif il le beugle dans tout Saint-Yorre une fois la nuit tombée en arpentant les rues à pied – on lui a sucré le permis depuis belle lurette.

Pour l'heure, il squatte la buvette, alors Liliane, qui tient la tireuse à bière et a besoin d'un break, suggère à Robert de le prendre avec lui pour éviter qu'il finisse rond comme une queue de pelle et embarrasse tout le monde. Le Criquet, toujours de bonne volonté, accepte sans faire d'histoires. Contrairement à Robert, il a gardé un physique svelte, même si son visage vire au violet après des années d'entraînement à la picole. Le blanc de ses yeux n'en a plus que le nom, puisqu'il est jaune au réveil, rouge au coucher. Ses joues couperosées et ses mains tremblantes complètent sa panoplie d'alcoolique, et tout le monde se marre bien en en parlant, parce que, après tout, il fait bien ce qu'il veut, on ne va pas aller se mêler de sa vie. De toute façon, ici, tous les hommes sont vieux avant l'âge, usés avant l'âge, désabusés avant l'âge. Alors il ne dépare pas dans le paysage, il y en a d'autres, des comme lui. On ne va pas s'en faire pour si peu, surtout qu'il ne risque pas de buter quelqu'un en conduisant bourré. Et la prof de gym est partie avant qu'il ne lui refasse le portrait un soir de biture, inutile donc de s'inquiéter.

Robert et le Criquet suivent au pas le trajet du cortège et scrutent les sous-bois afin d'y débusquer les marcheurs abrités sous la frange d'un arbre. Ils guettent parmi ceux qui continuent leur route les enfants chaussés de bottes imbibées d'eau qui les font glisser sur l'herbe mouillée. Au début, les mômes râlent un peu, ils n'ont pas envie de rentrer au foyer rural car ils s'amusaient bien, sous la pluie, mais ils finissent par suivre le mouvement et par se blottir à l'arrière de la fourgonnette, le temps de rallier le point d'arrivée et le chocolat chaud qui les y attend. Parfois, un trajet ne sert qu'à véhiculer une vieille qui a enfilé la capuche en plastique qu'elle a toujours au fond de son sac et qui s'assoit bien droite, sa canne entre les jambes, ou un papy qui traîne la patte et a bien envie de boire un canon. Alors le Criquet cède sa place et va se poser à l'arrière, au milieu des tracts et des banderoles que Robert stocke là. En fin de matinée vient le dernier trajet de leur voiture-balai. Ils se contentent de vérifier qu'ils n'ont oublié personne et que les marcheurs n'ont pas laissé de détritus sur la route. Il pleut de plus en plus, Robert se dit qu'il aurait dû changer ses essuie-glaces qui laissent de grandes traînées d'eau juste devant ses yeux, l'obligeant à s'avancer sur le bord de son siège pour regarder par-dessus. Et puis ils grincent. Fort. Et le Criquet, ça commence à le gonfler. Il ressent le manque, et ça lui tape sur le système, ce gémissement régulier du caoutchouc au bout du rouleau qui frotte le pare-brise sans leur offrir une quelconque visibilité. Il se met à tambouriner sur le tableau de bord le rythme d'une chanson de U2 qu'ils ont entendue au moins trois fois à la radio depuis le début de la matinée, avant que Robert ne l'éteigne parce qu'on ne s'entend plus parler avec la pluie. Ils ne savent pas ce que signifient les mots *Bloody Sunday*. Ils abordent le dernier bout de route avant le retour à la buvette. Robert se reprochera toujours de ne pas avoir pris le trajet plus long, par la nationale.

— C'est quoi, là-bas, au bord du chemin… ? Des canassons ?

Le Criquet pointe du doigt deux masses sombres protégées par de grandes bâches imperméables. Robert acquiesce et ralentit pour ne pas les effrayer en s'approchant.

— On dirait bien. Ils se sont échappés, tu crois ?

— Non, ils sont attachés à la barrière. Les cavaliers ont dû s'abriter le temps que ça se calme.

Il lui montre une silhouette qui leur tourne le dos. À mesure qu'ils approchent, ils voient la seconde personne, emmitouflée dans l'imperméable de la première.

— Non mais regardez-moi ça !

Le Criquet glousse, excité.

— Ça serait pas les deux tapettes qui louent le fermage des Fourniers ? Attends, on va se marrer un peu…

— Arrête tes conneries !

— Ralentis, j'te dis…

Le Criquet baisse sa vitre.

— Eh ! Eh, les pédés ! Alors comme ça on prend du bon temps ?

Robert rit un peu, mal à l'aise. Quel con, ce Criquet. C'est sûr qu'il est grossier, mais c'est pas un mauvais gars, quand on le connaît. Et puis souvent les gens grossiers sont sincères. Lui, il l'est juste un peu trop. Il ferait bien d'apprendre à fermer sa gueule, parfois. C'est pas faute de le lui avoir dit.

Les deux hommes se sont très vite éloignés l'un de l'autre. Le plus jeune vire à l'écarlate. L'autre se tient devant lui, campé sur ses jambes fines et arquées.

— On ne faisait rien de mal, d'ailleurs on s'en va, affirme-t-il pour couper court à la scène qui s'annonce.

On voit qu'il prend sur lui. Mais le mépris qu'il affiche en scrutant le Criquet avant de s'éloigner vers sa monture n'échappe pas à ce dernier, qui, depuis le siège passager, tire sur le frein à main pour arrêter le véhicule. Robert proteste. Il ne veut pas que la situation s'envenime. Le Criquet sort de la voiture, et il le suit pour calmer le jeu.

— Qu'est-ce qu'elle regarde, la tafiole, elle a un problème ? ricane son acolyte.

— Ferme-la, Criquet, laisse-les tranquilles…

— T'inquiète, je fais que dire la vérité, pas vrai, les tafioles ? C'est bien ce que vous êtes, hein ?

— On ne veut pas de problèmes, laissez-nous partir.

Ils sont en train de détacher leurs chevaux, et, du point de vue de Robert, ça leur prend trop de temps. Il pose une main apaisante sur l'avant-bras de Criquet, qui le rejette d'un coup d'épaule et s'avance crânement, les mains dans les poches et le torse bombé, sous la pluie battante. Le plus vieux des deux hommes attend que l'autre soit en selle pour monter sur sa bête. Robert a reconnu le cheval blessé, il sait qu'il ne marche pas bien vite. L'homme veut que son compagnon puisse fuir, si ça tourne mal. Le Criquet lui tourne autour, tout en restant à une distance raisonnable – il a peur du cheval. Mais ça lui prend la tête, de se sentir plus faible. Il se met à bouger, à crier, à faire de grands gestes avec les bras. Il finit par obtenir ce qu'il veut : les chevaux le regardent avec inquiétude, faisant des pas de côté sur l'asphalte. Ils s'entrechoquent, dressent leurs têtes et poussent de légers hennissements. Le prof de Claire presse l'autre de se mettre en selle et de partir. L'homme met un pied dans l'étrier. Ils vont enfin s'en aller, et Robert passera une bonne fumée au Criquet, ça, il va l'entendre.

Mais cela n'arrivera pas. Au moment de se hisser sur la selle, le manteau trempé de pluie de Marc frotte contre la couverture du cheval, dans un bruit de bâche qui finit d'apeurer Liselotte. Elle se cabre et fait un écart. Ce n'est pas bien méchant, mais ça déséquilibre Marc au moment où il est en train de monter. Il ne trouve pas de prise sur la couverture de pluie. Il tombe sur le dos, le pied coincé dans l'étrier. Robert entend Arnaud crier son nom. Marc est sonné, mais il essaie tant bien que mal de se dégager et de se relever. Arnaud, debout sur ses étriers, se penche vers lui et tente d'attraper ses rênes, qui pendent du mauvais côté. Il n'arrive pas à les atteindre, la prise est trop courte de là où il se trouve. C'est là que Liselotte glisse à son tour, sur le plastique de l'imperméable de Marc, à ses pieds. Il y a comme une danse, le temps qu'elle retrouve son équilibre. Une flaque d'eau s'est formée contre l'asphalte, à l'entrée du pré où les chevaux ont brouté et piétiné l'herbe trempée. La terre s'est ouverte en mottes, comme une figue dont on aurait replié la peau et mis la chair à nu. Ses antérieurs s'enlisent dans la gadoue. Ses postérieurs dérapent sur le goudron de la route, très vite, droite gauche droite gauche. Elle évite de basculer dans un dernier élan pour se redresser et donne un grand coup de pied pour se stabiliser. Au passage, elle écrase la tête de Marc, qui ne porte pas de casque, seulement sa casquette de grand-père qui a roulé à ses côtés. D'un grand coup de sabot ferré, elle lui a enfoncé la tempe, le tuant sur le coup.

C'est ce que disent les secours, lorsqu'ils arrivent sur les lieux : il est mort sur le coup, il n'a pas souffert. C'est Robert qui les a alertés et, en les attendant, il veille sur les deux hommes, le mort et celui, fou de douleur, qui n'arrête pas de hurler, à genoux près de lui. Les flics s'occupent du Criquet, assis sur son cul, sonné, à regarder la scène. Pierre-Yves est appelé en renfort afin de se charger des deux bêtes dont personne ne sait quoi faire. Il a eu le réflexe de prévenir le véto, au cas où il y aurait besoin de soins. Ce dernier les rejoint avec son van. Il faut contacter Claire, aussi, bien sûr, mais on lui dit de les retrouver chez Arnaud. Hors de question qu'elle voie l'homme sur la route avec sa tête éclatée, les fluides et le sang qui maculent l'asphalte, et sa casquette que son compagnon a tenté de remettre en place comme un furieux sur son crâne défoncé, avant que les pompiers ne l'éloignent et que le médecin ne lui fasse une piqûre pour le calmer.

35

Sauveur a à nouveau de la température. Cette longue attente sous la pluie et dans la boue le jour de la mort de Marc a réenflammé la plaie de sa jambe droite. Peut-être l'ont-ils mal nettoyée après coup. Ils avaient l'esprit ailleurs. Claire a dormi chez Arnaud pour s'occuper des bêtes en son absence, le temps qu'il sorte de l'hôpital, où ils ont tenu à le garder en observation la première nuit. Lorsque Pierre-Yves le ramène, il n'est pas en état de reprendre la situation en main, il s'enferme dans sa chambre. Le soir de son retour, la vieille voisine propriétaire de la maison leur apporte de la soupe. Arnaud la vide dans les toilettes et retourne se coucher.

Pendant des semaines, Claire se charge de la maison et des soins aux chevaux. Lui passe beaucoup de temps à dormir, oublie de se laver, de se nourrir. Elle lui laisse des Post-it sur la table : *Je vais nourrir les chevaux*, *Pense à te laver*, *Je serai là pour midi, Ma mère nous a mis de la blanquette au frigo, ne t'occupe de rien...*

Pierre-Yves vient la seconder dès qu'il le peut. Et puis, un jour, il leur faut se rendre à l'évidence : Sauveur ne mange plus. Il traîne à nouveau la patte. Claire rechigne à prévenir le vétérinaire, dont elle redoute le diagnostic. Elle se voile la face, met cela sur le compte des premières grosses chaleurs de l'été, que Sauveur supporte toujours mal.

Quand Pierre-Yves finit par l'appeler, le véto ne dit pas grand-chose, mais il secoue la tête. Tous pensent au pronostic qu'il avait fait lors de la dernière grosse infection. Il administre à Sauveur un antibiotique à large spectre, mais ne parvient pas à endiguer la progression du staphylocoque qui commence à lui gangrener la jambe. Claire s'épuise à garder la plaie et le box d'une propreté clinique. Une fois toutes les tâches d'entretien achevées, elle monte Liselotte jusqu'à en avoir des ampoules plein les doigts et dans le creux des fesses, jusqu'à s'en cuire les muscles abducteurs et abdominaux. Parfois, la jument tente de la jeter par terre tant elle s'agace de ses demandes de précision qui la font monter en pression. De temps en temps, Claire lui fait sauter une barre, histoire de la défouler, mais pour l'instant elles ne partent pas en promenade. Ils savent tous que Liselotte n'y est pour rien, dans ce qui est arrivé à Marc, mais évitons de tenter le diable, rappelle Évelyne.

Un jour, en ramenant la jument au pré après lui avoir dénoué les tendons sous le jet de la douche, Claire trouve la porte de l'écurie ouverte. Arnaud est debout devant le box de Sauveur. Il l'observe en silence. Elle le rejoint et ils le soignent ensemble. Ce soir-là, il passe à table avec elle. Le lendemain, lorsqu'elle se lève du canapé où elle dort depuis qu'elle vit ici, Arnaud est déjà debout et leur a préparé du café. Des jours durant, ils luttent ensemble contre l'infection. Arnaud reprend le travail avec Claire sur sa jument. Et puis, un matin, ils trouvent Sauveur couché dans la paille. Les sollicitations de Claire n'y font rien ; même lorsque Arnaud prend appui sur le mur pour le pousser et le forcer à se planter sur ses jambes, il ne bouge pas. Arnaud relâche la pression, et le cheval s'effondre en arrière dans un gémissement. Ils ne parviennent pas à attraper son regard, qui fuit vers le plafond. Au bout d'un moment, Arnaud abandonne et s'adosse au mur, les mains dans les poches, le regard sur le cheval à ses pieds. Il sent la pourriture.

— Claire…

— Tais-toi !

Elle essaie de retenir ses larmes, mais elle va s'étouffer si elle parle.

— Il souffre trop. On a tout essayé, mais je refuse de m'acharner. Il faut que tu le laisses partir.

À présent elle pleure, sans s'essuyer les yeux. Ses lunettes s'embrument et ses cheveux longs se collent dans les larmes et la morve qui lui maculent le visage. Arnaud est furieux de devoir lui faire subir cela, furieux contre le sort qui s'acharne, il essaie de se dire qu'il ne faut pas se mettre dans cet état pour un animal, que lui vient de perdre son amour. Il est furieux contre Sauveur, aussi, qui les lâche après des années à s'être battu pour survivre.

— D'accord, finit par souffler Claire.

— Je vais appeler le véto. Reste avec lui.

Il est terrible, ce moment où l'on a pris rendez-vous avec la mort. Lorsque le vétérinaire fait la première injection, pour endormir Sauveur avant l'euthanasie, le cheval pousse un soupir et repose sa tête sur les jambes de Claire, qui continue de lui caresser les oreilles longtemps après que la mort est venue le cueillir.

36

La nuit, les parcs de Vichy sont pleins de grâce. Leurs allées tracent des arabesques blanches autour des pelouses taillées au cordeau et entourées de clôtures arrondies qui s'arrêtent à la cheville des marcheurs. Les haies sont rasées de près, les parcs pour enfants et lieux d'aisances pour chiens à mémères relégués en périphérie, derrière des pans d'arbres qui les masquent à la vue des promeneurs. Éléonore et Thibaut sont passés par l'arrière du spa des Célestins afin de rejoindre les bords de l'Allier. Ici, même la rivière est domestiquée. Cernée par deux ponts, celui de l'Europe et celui de Bellerive, elle est à cet endroit large et lisse. Ses eaux calmes accueillent les amateurs d'aviron et de ski nautique. De larges allées la bordent, comme là, le long du centre omnisports qui rejoint l'hippodrome sur l'autre rive. Ce soir, c'est la fin de la semaine de galop. Éléonore le sait par Claire, dont les parents raffolent de cet événement, beaucoup plus mondain que les courses de trotteurs qui se tiennent tout l'été. La soirée s'achèvera sur un feu d'artifice qu'elle souhaite montrer à Thibaut depuis la berge d'en face, au cœur des jardins, là où il n'y aura personne, les Vichyssois regardant le spectacle sur place ou, pour les plus bourgeois d'entre eux, depuis les balcons des avenues Wilson et des États-Unis, à l'architecture thermale signée Napoléon III, gloire locale.

Éléonore et Thibaut sont arrivés de l'autre côté du pont de Bellerive, depuis le parc des Sources, que les locaux appellent *le parc des bourrins*, car il héberge une petite troupe d'ânes lobotomisés effectuant chaque dimanche le même parcours à l'infini, avec sur leur dos des enfants qu'aucun adulte n'a besoin d'accompagner tant les malheureux connaissent par cœur leur tour de piste et viennent ensuite se placer d'eux-mêmes devant la longe qui les entrave à longueur de journée, le nez dans un seau d'eau tiédasse.

Les deux jeunes gens ont fait le chemin à pied depuis le quartier de l'Opéra où se trouve la maison des parents de Marie-Lucie. Depuis qu'ils ont quitté le lycée, elle organise tous les étés une soirée au bord de sa piscine, où elle réunit ses anciens camarades de classe et fête son anniversaire par la même occasion. Elle y inclut les nouvelles rencontres de son école de commerce, avec pour effet de gonfler le nombre des invités comme la gêne des participants qui ne se connaissent pas et ont bien peu de choses à se dire. Claire est venue, la première année, et a juré qu'elle n'y remettrait pas les pieds. Thibaut a alors cessé de s'y rendre, mais puisqu'ils sont à présent séparés Éléonore l'a convaincu de l'y accompagner après leur service au restaurant où il a été embauché à la suite de son apprentissage aux côtés de Philippe. Éléonore s'y terre depuis son retour des États-Unis, traumatisée par la sévérité de son expérience avec la justice sur place. Elle n'est pas parvenue, depuis, à s'éloigner plus d'une nuit de son cocon familial. Elle s'écarte rarement des berges de l'Allier, son rayon d'action s'étendant de Saint-Yorre à Vichy. Elle a lâché la fac d'anglais, qui se trouve à Clermont-Ferrand, ville à la pierre noire, surplombée de volcans dont la masse sombre a fini par la faire suffoquer. Elle ne quitte plus le petit tertre de terre sur lequel est perchée la Colombière, où sa mère a fini par lui proposer de travailler à ses côtés, inquiète de la voir désœuvrée. Elle a offert son appareil photo à la plus grande de ses petites sœurs, partie faire une année d'études au Japon. Elle n'en reviendra jamais, happée par la vie d'entreprise sur place. La plus jeune émigrera au Canada pour y suivre des études de droit et réussira le concours du barreau sur place. Mariée à un Québécois, elle proposera à sa sœur aînée de venir la voir à plusieurs reprises, avant d'abandonner et de se contenter de rencontres quinquennales lors de brèves visites à leurs parents.

Cela, Éléonore l'ignore encore, tandis qu'elle se glisse en compagnie de Thibaut sous les arbres pluricentenaires du parc, dont les branches fatiguées caressent les pelouses. Elle déblatère longtemps sur l'ennui qu'elle a ressenti lors de cet anniversaire, qui n'avait de fête que le nom. Éléonore a fait sensation en se jetant dans la piscine tout habillée, mais Marie-Lucie lui a fait comprendre qu'elle ne cadre plus avec l'ambiance qu'elle souhaite donner à ses soirées. Alors elle a fui les lieux, vexée. Thibaut l'a suivie. Comme Éléonore est trempée, elle lui propose d'aller faire un tour le temps de sécher, afin de ne pas inonder sa voiture. Il marche en silence dans les flaques qu'elle laisse sur le trottoir et le bruit de succion de ses Converse imbibées d'eau chlorée. Ces deux-là sont amis de longue date. Ils se sont beaucoup fréquentés depuis le collège, par l'intermédiaire de Claire. Les premières années, ils l'ont accompagnée sur les terrains de concours. Ils l'ont aidée à s'occuper de son cheval malade à de nombreuses reprises. Elle les a choisis séparément, pourtant ils se ressemblent à bien des égards. Ils n'aiment pas vraiment la nature, n'ont aucun attrait pour le monde équestre.

Il fait une chaleur caniculaire, et Éléonore est déjà presque sèche, hormis son jean ; à travers son tee-shirt blanc, Thibaut a entrevu le fermoir de son soutien-gorge noir tandis qu'il la suivait sur les trottoirs de la ville endormie, avant d'entrer sous le couvercle des arbres. Les bruits sont étouffés, mais ils entendent, au loin, de l'autre côté de la rivière, la clameur des parieurs encourageant les chevaux de course sur la piste de l'hippodrome. Ils descendent l'escalier qui rejoint la berge en contrebas et s'installent sur un banc à mi-chemin entre le terrain de basket et celui des jeux pour enfants. L'endroit sent le caoutchouc et la vase. Par moments, les phares des voitures qui traversent le pont illuminent l'eau sombre devant eux.

— Désolée pour ce départ précipité, tu avais peut-être envie de rester à la soirée ?

— Pas vraiment.

— Pourquoi tu es venu, alors ?

— Je sais pas, parce que tu en avais envie.

— T'en as pas marre de toujours faire ce qu'on veut ?

Thibaut ne comprend pas pourquoi elle s'énerve contre lui. Après tout, il l'a conduite à cette fête pour lui faire plaisir. Il aurait préféré profiter de son jour de repos pour aller voir ses parents, mais elle avait eu l'air d'y tenir lorsqu'elle était venue le trouver dans la cuisine après le service, la veille, pour lui en parler.

— Tu n'aimais pas le cheval, pourtant tu as suivi Claire sur les terrains de concours, tout ce temps, poursuit-elle.

— J'étais amoureux.

— D'accord, mais tu ne crois pas qu'elle aurait préféré que tu affirmes tes goûts, parfois ? Toujours derrière elle avec ton air de veau bienheureux, c'était écœurant. Le nombre de fois où on s'est moqués de toi, au lycée !

— En quoi ça vous regardait ?

— Mais enfin, tu ne t'es jamais dit que si tu t'étais imposé elle t'aurait peut-être respecté un peu plus ?

— Non. Si je n'avais pas voulu la suivre, elle m'aurait juste quitté plus tôt. Je ne suis jamais passé le premier et je le savais, mais ça m'allait comme ça. Avec le cheval, les concours, ses parents...

Il voudrait qu'elle arrête de lui rappeler sa relation avec Claire. Il en a encore mal au creux de l'estomac quand il pense à elle.

— Mais enfin tu n'as aucune envie ? Aucun désir ? Aucun projet ?

— Parce que toi, si ?

Elle est debout au bord de l'Allier, devant lui toujours assis sur le banc à gratter le sol du bout de ses baskets dans un crissement agaçant.

— Disons que je préfère me planter que de ne pas essayer de vivre pour moi-même.

— Arrête tes conneries ! Tu es encore plus paumée que moi et tu te permets de me juger. J'ai un travail qui me plaît, contrairement à toi. Tu comptes te terrer longtemps à l'hôtel ?

Éléonore ne lui répond pas. Elle lui tourne le dos et va s'asseoir dans l'herbe, tout au bord de l'eau, s'allume une cigarette. Il fait nuit noire à présent, les feux d'artifice devraient bientôt commencer. D'ici, ils voient la plate-forme d'allumage qui a été dissimulée aux yeux des spectateurs de l'hippodrome sur l'autre rive.

— Léo, il y a un truc dont je voudrais te parler, reprend-il d'une voix plus basse. J'ai besoin de tes conseils.

— Quoi ?

— C'est ma mère.

Parce qu'elle lui tourne le dos, qu'il fait nuit, et que c'est plus facile ainsi, il lui confie ce qui lui pèse sur le cœur depuis des mois et dont il n'a jamais réussi à parler. Que sa mère souffre du même cancer dont a souffert Hélène, autrefois. Qu'elle en est à un stade bien plus avancé. Qu'elle ne s'est pas soignée assez tôt. Que pour elle il n'y a pas de guérison possible. Le creux dans son estomac menace de se déployer sur tous les organes autour s'il ne se tait pas.

— Oh, Thibaut, mais pourquoi tu ne m'as rien dit…

Il élude la question.

— Elle n'en a plus pour très longtemps. J'ai besoin de savoir quoi faire pour l'aider, durant les semaines qui viennent. Pour aider mon père et mon petit frère, aussi. Tu veux bien me raconter comment ça s'est passé pour toi ?

Éléonore vient se rasseoir à ses côtés. Elle lui dit tout. Thibaut pleure longtemps ; sous l'éclatement des couleurs dans le ciel, son visage mouillé se teinte tour à tour de vert, de rouge, de doré. Puis il lui dit qu'elle a refusé les soins, la sidération de son père et la rage de son petit frère. Lui reste tranquille, comme toujours, mais il a développé un eczéma lié au stress, ça lui dévore les mains lorsqu'il est de corvée de plonge. Quand ils sont de retour au restaurant, Thibaut vient dormir avec elle dans la chambre de la tour. Ils ne font que parler et dormir, serrés l'un contre l'autre. Et quand ils ne dorment pas, Éléonore caresse les blessures d'eczéma sur ses mains, pour l'empêcher de les gratter jusqu'au sang.

Par la suite, lorsqu'il finit son service trop tard, Thibaut prend l'habitude de dormir près d'elle. Ils se confient l'un à l'autre. Elle lui raconte le joueur d'échecs et ceux qui lui ont succédé. Lui n'a eu que Claire, et il sait l'amitié qui les lie, même si elles se voient de moins en moins, ces temps-ci. Alors il n'ose pas l'approcher, de peur qu'elle le prenne mal, de se savoir un deuxième choix, celui qu'il n'aurait jamais imaginé faire un jour, et qui devient si évident. La première fois qu'ils font l'amour, c'est elle qui en prend l'initiative. Cela se passe peu après l'enterrement de la mère de Thibaut, après bien des nuits sans sommeil qu'il a passées ici, dans les derniers moments, et après plusieurs nuits sans lui, quand il est resté auprès de son père pour l'aider dans les premiers temps après le décès. Il ne revient que lorsqu'il est sûr que lui et son petit frère pourront se débrouiller seuls. Ce soir-là, une fois qu'il a fini son service, il rejoint Éléonore dans la chambre de la tour en passant par l'escalier de secours. Il frappe à la porte, peu sûr de lui. Lorsqu'elle l'ouvre, elle se jette contre lui et le serre à lui faire mal, *tu m'as manqué, tu m'as manqué*... Il referme la porte et ne partira plus.

37

Cela fait bien longtemps que Claire n'est pas venue à la Colombière. Elle et Éléonore continuent de s'appeler et de s'envoyer des nouvelles de leurs vies respectives de loin en loin, mais cela leur pèse de sentir que, la plupart du temps, elles pourraient vivre sans, et qu'il leur arrive de s'oublier durant des semaines. Et puis, alors qu'elles y pensent le moins, le besoin de l'autre se rappelle à elles.

Comme le jour où Claire se précipite chez Éléonore pour lui faire part de la mort de son cheval. Éléonore la laisse pleurer tout son saoul sur la banquette saumonée de sa mère, puis elle accepte de se rendre au crépuscule dans le pré d'Arnaud afin d'assister aux obsèques confidentielles de Sauveur. Si l'on devait respecter les règles, il faudrait faire appel aux services de l'équarrissage. Mais cela coûterait trop cher et les parents de Claire n'ont plus les moyens de faire face à de telles dépenses. Il a bien fallu qu'ils lui exposent la situation, ce qui a fini de l'achever.

Leur départ au Brésil est fixé au mois suivant. En signe de reconnaissance, les repreneurs de Verredis ont accepté de laisser le bail de la maison à leur nom, le temps qu'il arrive à échéance. Claire pourra y vivre, si elle le souhaite. Mais elle n'en a pas envie. Elle a prévu de suivre Arnaud, qui a pris la décision de quitter la région pour poursuivre le projet qu'il avait envisagé de monter avec Marc, et lui a proposé de venir avec lui. Elle y parachèvera sa formation et y tiendra le rôle de palefrenier en attendant d'obtenir son diplôme. Il a trouvé un lieu qui s'y prête, même s'il est moins idéal que la scierie qu'il avait envisagé d'aménager avec Marc. C'est une ancienne ferme, pas très loin de Lamotte-Beuvron, le phare des cavaliers. Au début, ce sera une écurie de propriétaires dans laquelle ils accueilleront les chevaux et proposeront des leçons particulières aux cavaliers, et des stages durant les périodes de congé. Plus tard, ils pourront s'associer pour gérer leur club.

Éléonore sait que c'est leur dernière soirée ensemble. Elle n'en revient pas qu'elle se passe de la sorte, mais cela ressemble bien à Claire, de la trimbaler à l'enterrement secret d'un cheval en pleine nuit. Sa vieille propriétaire ne refuse rien à Arnaud depuis le décès de Marc, et il en profite sans vergogne. Il a fallu attendre la tombée de la nuit, afin d'éviter tout contrôle. Pierre-Yves, qui n'est plus à cela près, est au volant de la pelleteuse de la commune, qu'on lui a prêtée sans poser de questions au regard de ses années de bons et loyaux services. Pour l'instant, sa trahison n'a pas encore fuité. Par égard pour Claire et Évelyne, Robert Tavernier, mis au courant par l'avocat de Verredis, a accepté de tenir sa langue le temps qu'ils quittent la région. De toute façon, Robert n'a plus la force de lutter depuis qu'il a assisté à l'accident de Marc, dont il se considère coupable par omission. Pierre-Yves et Arnaud commencent juste à creuser le trou lorsque les deux filles les rejoignent. Sauveur a été recouvert d'une grande bâche et sa forme gigantesque met Éléonore mal à l'aise. Elle ne tient pas trop à s'en approcher, et craint d'en sentir les effluves. Le bruit du moteur de leur voiture a dérangé les corneilles qui nichent dans les platanes au bout de la propriété. Leurs protestations, tandis qu'elles s'envolent, ajoutent au macabre de la situation. Arnaud allume un feu dans un bidon métallique vidé des aliments pour chevaux qu'il contient habituellement, histoire de donner un peu de lumière. Le raffut de la pelleteuse décourage toute tentative de conversation ; les filles se taisent. Claire a arrêté de pleurer. Hébétée, elle contemple la scène, le regard vide. Bientôt, la lune se lève. Elle semble braquer un projecteur bienvenu sur ces hommes qui ont pris la curieuse décision d'éventrer le sol. Quand le trou est assez grand pour accueillir la masse informe cachée sous une bâche militaire, et suffisamment profond pour que les nuisibles du coin ne viennent pas la déterrer, ils coupent le moteur. Ils pourraient se servir de la pelleteuse, mais ils ne veulent pas faire cela à Claire. Ils ont creusé jusque devant le cheval et se servent de pelles pour le faire glisser au fond de sa tombe. Sous le poids de l'animal mort, la terre tremble. Claire se met à pleurer à nouveau, puis, alors que les hommes referment la fosse, ses larmes se tarissent. Épuisée, elle pose sa tête dans le creux du cou d'Éléonore. Alors, cette dernière lui avoue qu'elle est tombée amoureuse de Thibaut. Qu'elle regrette de lui infliger cela en plus du reste, mais qu'elle n'entend pas renoncer à lui. Ils sont heureux. Claire n'en voulait plus, de toute façon, et ils n'ont rien fait de mal. Elle s'emballe un peu sous le coup de l'émotion. Tout d'abord, Claire accuse le coup et se détourne d'elle. Elle a besoin de digérer la nouvelle. Elle s'avance jusqu'au monticule qu'Arnaud et son père sont en train de tasser. Ci-gisent les derniers vestiges de son enfance. Elle songe qu'elle pourra difficilement souffrir davantage qu'en cet instant, mais qu'elle peut le supporter. Ce qui l'attend est aussi effrayant qu'excitant. Elle sait ce qu'elle veut faire de sa vie, et elle a tout sacrifié pour y parvenir, mais elle n'a aucun regret : cela reste sa plus grande envie, son plus grand désir. Elle finit par retourner vers Éléonore et lui dit que c'est mieux ainsi, qu'elle va pouvoir partir sans remords, à présent. Son visage est si dur que son amie peine à se réjouir de la bénédiction que Claire vient de lui accorder. Les hommes ont achevé leur tâche. Ils vont tous chez Arnaud boire une tasse de son café brûlé à la casserole, comme un banquet d'adieu au cheval avant de rentrer chacun chez soi. Éléonore serre Claire dans ses bras. C'est la dernière fois qu'elle les voit tous. Elle n'aura plus de nouvelles de son amie avant trois longues années.

PARTIE IV

2008

38

Tous les samedis matin, Éléonore se rend à la boulangerie pour récupérer le stock de pain du week-end pour le restaurant. Depuis la Colombière, elle rejoint le bourg de Saint-Yorre, à quelques centaines de mètres, et prend la rue étroite qui abrite l'ancienne école de danse que fréquentait autrefois la plus jeune de ses sœurs, dont les grandes portes vitrées sont isolées du froid par d'épais rideaux de velours rouge. Un peu plus loin, elle marque le stop entre l'école et la pharmacie, avant de longer l'ancien pressing qui a fermé voilà près de trois ans. Puis elle contourne la mairie et se gare sur le parking de l'affreuse église en béton. Elle descend les quelques marches qui rejoignent la rue principale, laquelle n'est plus à présent qu'une longue enfilade de locaux vides à louer : plus de boucher, de fromager, de vendeur de vêtements ou de chaussures. Restent l'auto-école, une boulangerie en bas, non loin du bar-tabac de Francette, et une autre un peu plus haut, vers l'école de musique municipale. Un autre tabac-journaux a survécu, mais pas la boutique de décoration où sa mère se fournissait en luminaires et en argenterie pour l'hôtel, et où Éléonore achetait des figurines en cristal pour le Noël de ses sœurs avec son argent de poche. Elle préfère la boulangerie du bas, où l'on trouve encore du pain bien cuit, chose rare.

Elle se dépêche de récupérer sa commande avant que la pluie n'arrive et repart avec deux énormes sacs en papier kraft, qu'elle est en train de charger dans le coffre du Kangoo de Thibaut quand elle se fait aborder par Robert Tavernier qui traverse la place de l'Église pour distribuer des tracts aux passants. Elle est déjà au courant de la fête qu'organisent les anciens de Verredis à l'ancien foyer rural rebaptisé *Maison des associations* pour faire plus moderne, mais elle lui laisse le plaisir de lui donner à nouveau l'information.

— Une soirée pour fêter la fin de la procédure ! Presque 7,5 millions d'indemnités pour les salariés licenciés, ça s'arrose !

La décision de la Cour d'appel de Riom est tombée en septembre, près de cinq ans après la première annonce de fermeture. Ils ont attendu la fin du délai de pourvoi en cassation le cœur battant, même si la décision de la Cour d'appel n'était pas suspensive, et que Verredis devait passer à la caisse. À présent, l'arrêt est définitif, ils ont gagné. Leurs licenciements ont été reconnus comme abusifs, malgré le motif économique brandi par les avocats de la boîte, l'argument de la compétitivité, les propositions de reclassement qu'ils ont refusées. Les cent cinquante-neuf salariés qui se sont vu verser des indemnités organisent donc leur banquet de victoire. C'est ce soir, et Éléonore et Thibaut ont accepté de s'y rendre. Hélène et Philippe tiendront seuls le restaurant. Les hôteliers à la retraite ont conseillé à leurs jeunes successeurs de prendre part à la vie de la commune, même si ce soir-là, avec la concurrence de la fête, leur salle risque d'être bien vide.

Les parents d'Éléonore ont pris la décision de leur céder la Colombière l'année précédente. Hélène est plus âgée que son mari, qui n'a pas encore assez cotisé pour avoir droit à sa retraite à taux plein. Mais il ne continuera pas sans elle, et souhaite profiter du sursis que connaît son épouse après deux sérieuses alertes de récidive de son cancer ces dernières années. Les enfants sont suffisamment formés pour se débrouiller sans eux, à présent, Éléonore en salle et Thibaut, leur gendre, aux cuisines.

Éléonore accepte un flyer de Robert, même si elle en a déjà une bonne poignée, qu'elle a posée en évidence à l'accueil de l'hôtel.

— Tiens, si t'as deux minutes, viens donner la main à Liliane. Elle m'a fait accrocher des guirlandes en papier dans la salle, mais apparemment c'est pas comme elle voulait. Elle est en train de tout refaire. Tu veux bien y passer ? Ça te prendra pas longtemps. J'ai déjà mis en place les tables et les chaises, mais je dois encore passer récupérer les verres à la mairie.

Éléonore accepte et gare le Kangoo devant la Maison des associations, entre un pick-up immatriculé dans le Loir-et-Cher et la BMW rose perlé de Liliane – son entreprise de couturière fonctionne toujours du feu de Dieu, comme le lui a indiqué Robert, ravi de savoir qu'il pourra bientôt faire valoir ses droits à la retraite et profiter un peu de la vie avec sa *bourgeoise*, maintenant que Verredis va leur donner de quoi voir venir. Devant le bâtiment administratif, les anciens de la boîte ont accroché une immense banderole en nouant quelques-unes de celles qu'ils ont gardées des manifestations, quatre ans plus tôt. En termes fleuris, ils ont indiqué ce qu'ils pensaient du patronat sous le chiffre qu'ils ont peint en grand : *7,5 millions d'euros aux anciens de Verredis !*

Le vent la rabattant, la pluie qui tombe depuis des jours menace de tout effacer, même si la banderole a été fixée sous l'auvent de la salle. Éléonore se précipite à l'intérieur en courant, sous l'abri illusoire de l'imperméable qu'elle brandit au-dessus de sa tête. Quelques voix résonnent contre les murs de la grande pièce trop peu meublée. Elle se dirige vers Liliane, en train de se débattre avec des lampions suspendus par Robert au-dessus de la scène – ils ont effectivement un air penché –, quand il lui semble reconnaître une silhouette plantée devant le tableau d'affichage, juste à l'entrée. Dessus, les anciens employés ont punaisé, trois ans plus tôt, la photographie de Pierre-Yves tirée d'une de ses anciennes affiches de campagne avec en dessous ce mot de western : *WANTED*.

La jeune femme qui se tient là tourne le dos à Éléonore, pourtant elle l'a tout de suite reconnue. Elle se précipite pour arracher l'affiche et fait face à Claire. Elle voudrait lui dire que ce n'est rien, une mauvaise plaisanterie faite il y a bien longtemps, avant que les esprits ne s'apaisent, quand les commerçants sont partis avec les derniers vestiges du four, qu'aujourd'hui on sait qu'il s'est battu à la fin pour éviter le vol des plans et dénoncer les coupables. Elle ne dit rien. Son regard bute sur le renflement du pull de Claire, juste sous son estomac. Elle ne se souvient pas depuis quand elle n'a pas eu de ses nouvelles, mais elle aurait aimé connaître celle de sa grossesse. Elle fixe Claire, les yeux écarquillés, sans savoir quoi dire. Alors c'est cette dernière qui prend la parole, en lui montrant le flyer qu'elle tient dans la main droite :

— Il s'en est passé, des choses, depuis la dernière fois, pas vrai ?

39

Trois ans qu'elle n'était pas revenue. Trois années pendant lesquelles sa vie n'a tourné qu'autour des écuries. Et d'Arnaud, aussi. Des mois durant, ils se sont servi de béquille l'un à l'autre, à tour de rôle, dans l'isolement qu'ils se sont imposé. Ils n'ont jamais souffert de la solitude. Ils n'en ont pas eu le temps. Du matin au soir, ils se sont abrutis de travail. Pour les cours, ils se sont réparti la tâche : Arnaud se charge d'enseigner aux cavaliers les plus aguerris, Claire aux enfants et aux débutants. Quand elle ne donne pas ses leçons, elle a l'impression de n'être que des bras. Des bras qui nourrissent les chevaux, les pansent, les soignent, se chargent de pelleter des quantités industrielles de crottin vers le tas de fumier. La brouette est un prolongement de ses mains, dont les ongles sont en permanence cassés et noircis, tout l'hiver les doigts gourds et rougis par le froid, malgré les gants, à en pleurer quand elle doit dégeler les abreuvoirs à la bouilloire ou quand elle saisit les barreaux des box ; et puis les pieds, surtout, l'onglée qui la prend quoi qu'elle fasse, parce qu'elle passe des heures à piétiner au milieu de la carrière tandis qu'elle enseigne, alors elle sautille sur place, marche beaucoup, soulève les barres d'obstacles, ramasse les crottins que lâchent les montures sur la piste et qu'il faut empêcher de se mélanger au sable et de le salir. Et le soir, quand ils se retrouvent, avec Arnaud, dans le petit pavillon qu'ils partagent, perché sur un monticule de terre en retrait à l'entrée du terrain de cross, ils se tiennent un bon moment à distance du feu de bois après l'avoir allumé, souffrant du réchauffement trop rapide de leur sang, les orteils, les cuisses, les joues en feu.

Quand est venu l'été, la première année, elle a cru avoir passé le plus dur. C'est alors que sont apparues les mouches. La plaie des écuries. Il y en a tellement que Claire est persuadée qu'il a dû lui arriver d'en gober une ou deux par inadvertance. Elle les voit courir sur ses bras enduits d'une crasse striée de sueur séchée. Le produit répulsif dont elle badigeonne les chevaux l'imprègne de son odeur. Mais elle passe outre. Le plus dur reste toujours l'aspect physique de son travail. Son corps a protesté sous la douleur, au réveil, les premiers temps. Puis, un jour, il a pris le pli. Il lui a fallu en passer par là pour le plaisir des quelques heures par jour à monter à cheval, à se promener avec Arnaud qui s'y est remis car il ne voulait pas la laisser partir seule sur les chemins. Lui aussi a eu besoin d'un temps d'adaptation, mais davantage pour son esprit que pour son corps. Il lui a fallu de nombreux mois avant de se débarrasser de la chape de chagrin qui le broyait chaque fois qu'il respirait. L'assaillait tous les matins et ne le lâchait que lorsque le fauchait un sommeil chimique seul capable de faire fuir les cauchemars. Et puis, tout doucement, il est revenu à la vie. Il lui est arrivé de retrouver du plaisir dans ce qu'il faisait, et même, un jour, de la joie. Le jour où Claire lui a offert le chien qui ne le quitterait plus sur les chemins de campagne, et qui allait lui permettre de reprendre goût à la randonnée. Un soir, au moment d'aller se coucher dans la chambre qu'il partage encore avec le chat qu'ils ont emmené – et qui leur est bien utile pour chasser les nuisibles –, il a serré Claire dans ses bras et lui a dit merci.

Peu à peu, ils ont appris à se plaire ici, malgré la dureté du travail et les tracas liés à la santé des chevaux, à leurs finances toujours sur le fil, et aux états d'âme de leurs cavaliers propriétaires. Ils se sentent chez eux. Et puis Claire a rencontré Sylvain.

40

Ce printemps-là, le troisième de Claire ici, a été fort pluvieux. Les pieds des chevaux en ont souffert. La jeune femme a passé une bonne partie de son temps de pansage à les oindre de produits cicatrisants. Malgré ses efforts, les sabots en poussant se sont fendillés, et les chevaux perdent leurs fers plus vite que de coutume. Arnaud s'en est plaint, surtout pour les montures de club qu'ils ont commencé à acheter petit à petit afin d'étoffer leur cavalerie personnelle, et dont ils doivent financer le ferrage. Claire n'a pu faire autrement que de rappeler encore et encore le maréchal. Tous ses clients étant dans la même situation, ce dernier lui a envoyé de plus en plus souvent son apprenti, Sylvain. Chaque fois, Claire l'assistait, arguant de ses compétences supérieures à celles d'Arnaud en la matière, acquises du temps de la convalescence de Sauveur, pendant laquelle elle et Pierre-Yves ont appris les bases du parage. Arnaud a fini par comprendre, et a pris l'habitude de s'occuper ailleurs dans ces moments-là. Mais il a trouvé le moyen de convier Sylvain à une soirée organisée au club-house par ses cavaliers. Et comme leur maison laisse peu de place à l'intimité, Claire et Sylvain ont terminé la nuit dans le grenier à foin, sur de petites bottes rectangulaires empilées, en étalant dessus les couvertures séchantes en polaire des chevaux qui leur ont évité de s'y piquer la peau. Et alors Claire s'est embrasée comme jamais auparavant pour Sylvain, son caractère taiseux, ses cheveux et sa barbe noirs, et sur sa peau cette odeur particulière de corne brûlée. Elle en a trop fait, elle le sait. Si cela avait été elle, elle aurait fui. Mais elle l'a aimé à en perdre la raison, l'appétit et sa dignité. À en crever de sommeil pour quelques heures avec lui, à se repaître de son goût, de son silence, de son regard déterminé, de son ambition. Car ils partagent la même passion de leur travail. Ça fait résonner quelque chose dans sa propre histoire, elle le comprend, elle le soutient. Raison pour laquelle elle ne lui en veut pas, quand il la quitte après plusieurs mois de relation parce qu'il a été accepté comme compagnon du Devoir et doit partir intégrer l'académie de Paris. Sa place à elle est ici, elle ne peut pas le suivre. Il l'a compris, et puis il l'aurait moins aimée si elle avait agi autrement qu'en tenant ses engagements envers Arnaud. Ils se sont dit qu'ils se retrouveraient peut-être un jour, plus tard, mais ne se sont rien promis. Leur avenir est trop incertain. Il est parti, et Arnaud a remercié Claire de ne pas l'abandonner. Pour la peine, ce soir-là, il a ouvert une bouteille de vin, mais elle a refusé d'en boire. Cela faisait déjà plusieurs jours qu'elle se savait enceinte.

41

La maison sent l'humidité, évidemment. Trois ans qu'elle n'a pas été ouverte. Il fait froid et il pleut sans cesse depuis qu'elle est arrivée, pourtant elle a ouvert toutes les fenêtres en grand pour chasser l'odeur de moisissure. Le bois qu'elle a trouvé sous l'appentis construit par son père est assez vieux pour s'enflammer rapidement dans le foyer de la cheminée qui, après avoir recraché sa suie vers l'intérieur, diffuse à présent une chaleur asséchante dans toutes les pièces. Claire aurait pu se loger chez ses grands-parents, mais elle s'y refuse, par loyauté. Depuis que son grand-père a découvert le pot aux roses, il a rompu tout lien avec son gendre et, par extension, avec sa fille. Cette dernière lui ayant accordé son pardon, elle est jugée tout aussi coupable que lui. L'ancien n'a pu accepter sa trahison envers l'usine à laquelle il reste convaincu qu'il doit tout.

Claire n'est pas revenue, elle n'en a eu ni l'envie ni le temps. À présent, le bail arrive à son terme, et Évelyne et Pierre-Yves doivent laisser la maison. Ils reviendront en France sous peu, maintenant que les choses se sont tassées, mais ils iront travailler au siège, à Paris. Ils ne se sentent pas la force de faire face à leurs anciens collègues et amis. Ils ont dû repartir de zéro une première fois, ils sauront le faire à nouveau, dans une ville assez grande pour leur assurer anonymat et oubli. Et puis, ils seront plus proches de leur fille et du petit enfant à naître qu'en revenant vivre à Saint-Yorre. Leur fille qui est devenue adulte bien tôt, sans eux, et qui est désormais libre de faire ses propres choix. Ils sont bien mal placés pour lui reprocher la manière dont elle veut mener sa vie. De toute façon, Claire ne les écouterait pas. Elle s'est construit cette carapace qu'ils appréhendent, chaque fois qu'ils lui téléphonent. Elle a dû s'endurcir face aux épreuves qu'ils lui ont imposées ; le revers de la médaille, c'est le cynisme avec lequel elle s'adresse à eux et, plus généralement, à toute personne la connaissant suffisamment pour pouvoir la blesser. Excepté Arnaud, bien entendu. Il n'a pas pu l'accompagner, il faut bien que quelqu'un assure les cours pendant son absence. De toute façon, elle n'a pas besoin de lui pour récupérer le peu d'affaires qu'elle souhaite garder, et trier dans les vêtements de bébé que sa mère a conservés ceux qui lui permettront de limiter les frais inhérents à la naissance à venir.

Elle doit faire le tour de la maison et identifier les meubles qui iront à la décharge, trop attaqués par le salpêtre, et ceux qui partiront au garde-meubles dans l'attente du retour de ses parents.

Elle décide de ne pas s'y mettre dès le premier soir. Le voyage l'a épuisée, et elle n'a pas le courage de fouiller dans ses vieux souvenirs. Partout, des photos d'elle sur Sauveur, d'elle et Léo à différents âges, de ses parents, à la plage, dans les banquets de la mairie, à la remise de la médaille du travail de son père... Elle s'allonge sur le canapé pour profiter de la chaleur de l'âtre, surélève ses pieds enflés par la rétention d'eau, se pelotonne dans une couverture qu'elle a prise avec elle, sachant que tout le linge de sa mère sentirait la vase. Elle laisse son regard errer à travers les rideaux d'eau qui balaient les vitres sales qu'elle a fini par se résoudre à fermer, la tempête prenant de l'ampleur. Sa rencontre avec Éléonore l'a chamboulée bien plus qu'elle ne s'y attendait. Elle est restée ici, finalement, et c'est elle, Claire, qui est partie. Qui l'aurait cru ? Et elle s'est mariée avec Thibaut, avec qui elle a repris l'hôtel-restaurant. Grand bien leur fasse. Elle ne leur en a jamais voulu de s'être mis ensemble. Pour autant, elle s'est bien gardée d'accepter la proposition d'Éléonore de passer la nuit à la Colombière. Elle se sent si seule, malgré les coups de pied frénétiques qui lui martèlent la vessie à présent qu'elle se repose enfin, comme autant de reproches contre le surplus d'activité qu'elle s'impose malgré sa grossesse. Comme tous les soirs, les contractions l'assaillent. Des vagues de chaleur qui montent depuis ses reins et lui forment des boules sur le ventre. Elle se contraint à respirer calmement. Demain, elle inspectera la maison, réunira ses affaires et quittera les lieux, pour de bon cette fois-ci. Mais là, elle est trop fatiguée.

Elle finit par s'endormir comme ça, sur le canapé, dans le silence de la maison battue par les eaux. À quelques centaines de mètres, la fête bat son plein et l'alcool coule à flots. Éléonore et Thibaut partent les premiers, puisqu'ils doivent assurer le service du dimanche midi. Ils seront les derniers à pouvoir franchir le pont de Saint-Yorre.

42

Le niveau de l'Allier a monté doucement, puis très vite. Pendant des jours, le lit de la rivière s'est gonflé d'une eau épaisse. À gros bouillons, elle a malmené les berges, charriant des branches depuis l'amont, qui sur leur passage griffent les digues et les ponts. Les hommes l'ont surveillée, inquiets, restant de longues minutes à la regarder, puis s'en éloignant à pas lents, en secouant la tête de l'air grave de ceux qui savent. Il a continué à pleuvoir. Des brassées d'eau peignant les flots sales et leur apportant un prompt renfort.

L'Allier est sortie pendant la nuit. Tout de suite la rivière a recouvert la plaine, fracassant les arbres, les clôtures, les abris des bêtes. Elle s'est faufilée parmi les bâtiments et la végétation, à l'assaut des maisons des ouvriers de Verredis. Elle inonde leurs caves, pour commencer. Les habitants qui n'ont pas vidé les lieux se mettent à déplacer des meubles, à tracer des traits à la craie sur les marches de leurs perrons, afin d'évaluer l'avancée de la crue, dérisoire tentative de garder la maîtrise des événements.

Sur la terrasse du restaurant, celle de l'arrière qui surplombe le village en contrebas, Éléonore se tient debout dans la pénombre. Elle ne peut rien voir, dans la nuit. Mais quand la pluie s'apaise, elle peut entendre, au bas de la colline, comme un chant, le bruit de l'eau grondant sur la terre qu'elle assiège. C'est un son de sirène, sourd et puissant, qui la terrifie. Elle se réfugie à l'intérieur et attend derrière les grandes baies vitrées que l'aube se lève et lui livre le tableau de la désolation de la ville à ses pieds. La rivière s'est répandue aussi loin que le lui permet le terrain plat qui la borde, traversant les jardins et les routes, allant jusqu'à ravager le terrain de football communal dont elle a déraciné le porche d'entrée. Lorsqu'elle se cogne contre le flanc de la colline, à cinq kilomètres à vol d'oiseau du restaurant, elle s'arrête et se met à stagner, montant à l'assaut des prés à vaches et grattant le sol comme un taureau contrarié. Par endroits, elle tourbillonne autour de quelque obstacle, malmène le cadavre d'une bête ou d'une voiture, assaille avec patience les troncs des arbres dont les branches les plus hautes commencent à pencher pour regarder l'ennemi en face.

Dans l'aube naissante, Éléonore ressort sonder la plaine. Elle tente d'évaluer la gravité de la situation. Thibaut, qui vient de se lever et a fait couler du café, la rejoint avec deux tasses, lui tendant celle qu'il a baignée de lait.

— On en est où ?

— Elle est vraiment grosse, j'ai jamais vu ça.

Il constate de lui-même l'étendue des dégâts, ne peut que confirmer qu'il n'a jamais vu l'Allier sortir aussi loin de son lit. Il n'y aura pas de service du midi, ce dimanche.

— Et si elle est restée dans la maison ?

— Ça ne serait pas si grave. Elle ne doit pas accoucher tout de suite, si j'ai bien compris ?

Il l'agace.

— Oui, enfin ça, c'est en théorie. On n'en sait rien. Et puis elle pourrait paniquer, on ne sait pas ce que le stress pourrait déclencher.

— Tu as essayé de l'appeler ?

— Les lignes sont coupées. Je tombe sur la messagerie quand j'essaie sur son portable.

— Tu veux prévenir les secours, qu'ils aillent y jeter un œil ?

— Je vais y aller.

Elle pose sa tasse sur un guéridon en fer forgé tarabiscoté que sa mère affectionne et dont elle n'a pas eu le cœur de se séparer.

— T'es pas sérieuse ? C'est trop dangereux ! Et puis les routes sont inondées, tu le vois bien.

— Si je fais le détour par Vichy, je peux passer de l'autre côté de la berge. Par la route, derrière sa maison, je dois pouvoir l'atteindre.

— C'est totalement irresponsable et tu le sais !

— Appelle les secours, toi, si tu veux. Moi j'y vais.

43

Éléonore a pu passer par Vichy, juste avant que les routes ne soient définitivement inondées et bloquées. Ça lui a pris plus de deux heures. Elle a béni les hauts pneus du véhicule utilitaire du restaurant qui lui ont permis d'avancer dans l'eau encore basse. Plus d'une fois, elle a failli basculer dans un fossé, ne parvenant plus à distinguer les bas-côtés de l'asphalte. Elle a roulé au pas, nouée d'angoisse. La maison des parents de Claire est en léger contrebas, et la boire a débordé, joignant ses eaux à celle de l'Allier en y relâchant ses carpes, inondant la rue qui n'est plus accessible aux voitures.

Abandonnant la sienne au milieu de la route, Éléonore barbote jusqu'à la porte d'entrée, manquant s'étaler dans l'allée avec ses bottes de pluie trop lisses. L'eau est déjà à la troisième marche du perron, mais il en reste encore deux, et la pluie a enfin cessé. Si seulement l'Allier pouvait s'arrêter là… Elle frappe, à plusieurs reprises, mais personne ne vient lui ouvrir. Affolée à l'idée d'être arrivée trop tard, elle redescend dans l'eau glacée qui lui monte au-dessus des genoux, et tente d'atteindre la terrasse à l'arrière de la maison, pour jeter un œil à l'intérieur. Claire est accroupie contre l'accoudoir du canapé qu'elle agrippe à deux mains, ses longs cheveux en rideaux entourant son visage défait, rouge et trempé. Ses yeux hallucinés traversent d'abord Éléonore sans la reconnaître, puis comprennent que c'est elle, et alors Claire fond en larmes de soulagement. Lentement, elle se relève et avance vers la porte-fenêtre, qu'elle ouvre en grand avant de lui tomber dans les bras. Elle voudrait lui demander comment elle a su, comment elle a pu passer, si quelqu'un pourra venir à son secours, mais tout ce qu'elle parvient à faire, c'est s'accrocher à son amie, à ses bras, ses cheveux, son visage, pour vérifier qu'elle est bien là et qu'elle ne va pas faire ça toute seule.

— Tu… es venue… balbutie-t-elle.

Éléonore a eu tellement peur qu'elle commence par lui crier dessus :

— Mais pourquoi t'es restée là ? Pourquoi t'es pas allée te mettre à l'abri ? Pourquoi t'es pas rentrée chez toi, quand tu as vu la hauteur de l'eau ? Tu aurais pu être à l'hôpital, à l'heure qu'il est !

— Mon terme est dans un mois, je pensais avoir le temps, même si l'Allier devait sortir… De toute façon, même si c'est pour m'engueuler, je suis heureuse que tu sois venue.

— Tu sais bien que je viens toujours ! Enfin tu as fait fort, ce coup-ci !

Au début, elles essaient de marcher jusqu'à la voiture, mais Claire est très lente, et chaque contraction la cloue au sol. Éléonore panique en voyant l'eau atteindre les portières : elles n'arriveront jamais à la rejoindre avant que le moteur soit complètement noyé. Elles finissent par faire demi-tour, et Claire en est presque soulagée. On dirait qu'elle ne prend pas conscience du danger qui la menace. Quand Éléonore parvient à la ramener dans la maison et à l'allonger sur le canapé, il est déjà midi passé. Elles font un point sur la situation. Les contractions commencent à se rapprocher, et elles sont de plus en plus douloureuses. En désespoir de cause, Éléonore tente à nouveau de joindre les secours, mais la ligne fixe est muette et son portable lui répète que le réseau est hors service. Les heures passent, rythmées par les gémissements de Claire. Entre deux assauts de contractions, comme elles n'ont que ça à faire et qu'Éléonore veut penser à autre chose qu'à l'épreuve qui les attend, elle l'interroge sur la vie qu'elle a menée loin d'elle, sur le centre, sur Arnaud, sur le père de l'enfant. Elle découvre avec stupeur que ce dernier n'est pas au courant de la grossesse, et lorsqu'elle lui dit ce qu'elle en pense, elles recommencent à se disputer :

— Tu vas me dire que je te déçois, c'est ça ? Je croyais que c'était la pire chose à dire à quelqu'un !

crache Claire entre ses dents, le visage gris de fatigue et de souffrance accumulées.

— Il a le droit de savoir ! Pourquoi tu tiens à t'infliger ça toute seule ? Il aurait pu être là, à tes côtés !

— Je ne voulais pas qu'il se sacrifie, qu'il abandonne tous ses projets pour une histoire qui n'a duré que quelques mois...

— Il n'y a que toi pour penser qu'il faut tout sacrifier à son rêve ! Il doit prendre ses responsabilités... Atterris un peu, c'est ça la vie ! On ne fait pas toujours ce qu'on veut. Regarde-moi ! Je n'ai pas suivi mes rêves, mais je suis heureuse, aujourd'hui, cette vie je l'ai choisie, et je l'aime. Elle n'est peut-être pas glorieuse, et peut-être que tu penses que j'ai échoué, mais ce n'est pas le cas...

— Ne ramène pas la discussion à toi, pour une fois ! On parle de moi, là !

— Non, pas du tout. On parle de ce bébé, qui sera là dans quelques heures, et qui a le droit d'avoir une chance de connaître son père.

Une nouvelle contraction assaille Claire, lui arrachant un cri. Éléonore s'approche et lui passe doucement un gant d'eau fraîche sur le front. Une fois que Claire s'est apaisée, elles restent silencieuses un moment. Éléonore retire les cheveux collés sur le visage de son amie pour les lisser derrière ses oreilles.

— Mon Clairon, je voudrais que tu arrêtes ton numéro du sacrifice, pour une fois. C'est pour ton bien. Personne ne te reprochera d'avoir pensé à ton bonheur, à toi, à ton bébé. Il faut que tu lui dises. Après, il pourra choisir de revenir ou non, d'être quelqu'un pour cet enfant ou pas, mais tu ne dois pas le priver de ce choix.

Claire n'ose pas la regarder en face quand elle chuchote :

— Et s'il choisit de ne pas revenir ?

Éléonore soupire et lui prend la main.

— Alors je serai là. Et Arnaud aussi. Et tes parents, quand ils seront rentrés. Tu n'as jamais été seule, sache-le, tu as juste décidé que c'était ce qu'il te fallait. Mais peut-être que tu peux, un tout petit peu, te reposer sur nous, cette fois-ci.

Puis elles n'ont plus le temps de parler. Claire va accoucher, et personne n'est venu. Éléonore se répète que Thibaut a prévenu les secours, et que, dès qu'ils pourront, ils enverront un bateau. Elle essaie de ne pas penser à toutes les urgences auxquelles ils font face, aux personnes bloquées dans leurs voitures, aux piétons sur les routes, qu'ils doivent aller aider en priorité. Elle sait maintenant qu'ils arriveront trop tard pour l'accouchement. Elle n'arrive plus à compter le temps qui s'écoule entre deux contractions. Elles sont trop rapprochées.

Claire crie et pleure en même temps. Elle se tient debout, car rester en position assise est une torture. Et elle ne peut pas non plus s'allonger ; elle a l'impression qu'elle va mourir si elle se couche. C'est comme pour Sauveur. Tant qu'elle se tient debout, c'est qu'elle lutte. Elle demande à Éléonore d'ouvrir la fenêtre car elle manque d'air. Elle s'agrippe à l'un des battants quand la douleur la reprend, essaie de souffler tandis que la contraction la ravage. Il lui est difficile de calmer sa respiration ; elle hyperventile, oubliant tous les conseils de sa sage-femme, avec pour conséquence de violentes nausées. Puis la contraction passe, et la nausée reflue. Elle est abasourdie devant l'animalité qui l'assaille quand une contraction revient la saisir. Elle n'a jamais eu trop de pudeur devant Éléonore, mais elle sent qu'elle pourrait vider ses entrailles sur le carrelage devant elle sans s'en émouvoir. Au pic de la souffrance, elle ne maîtrise plus rien. Elle entend vaguement son amie lui scander ce qu'elle lui a rapidement enseigné de ses cours d'accouchement : *Respire lentement, arrête de haleter ou tu auras encore plus mal...* Éléonore applique ses doigts sur tous les points d'acupuncture qu'elle lui a montrés, et Claire lui dit que le plus efficace reste celui niché entre le pouce et l'index. Face à elle, leurs yeux accrochés, elle lui broie les deux mains pendant les assauts de plus en plus rapprochés, essayant de lui parler d'une voix autoritaire et assurée, ce qu'elle n'est pas. Éléonore a peur de son incompétence, de la violence de la douleur qui enfièvre Claire, de la mort qui lui creuse des cernes sous les yeux et déforme son corps. Elle voudrait qu'elle arrête de crier, pour pouvoir réfléchir, mais elle voit bien que Claire elle-même n'a pas conscience des râles qui lui échappent.

Pendant un instant de calme, elle lui demande de lui décrire sa douleur avec précision, afin de tenter de l'aider.

— C'est comme des règles très douloureuses, mais dans le bas du dos.

— Tu n'as pas mal au ventre ?

— Non, dans les reins, c'est atroce.

— Attends, je vais te masser un peu...

Les règles, ça lui parle. Elle peut au moins essayer quelque chose à ce niveau-là. Elle s'installe derrière elle, dans le courant d'air froid qui entre par la fenêtre et que Claire ne sent pas. Elle se met à lui malaxer les lombaires, après lui avoir enlevé la chemise de nuit trempée de sueur qui colle à son ventre énorme et la gêne. Claire a retiré sa culotte après avoir perdu les eaux, combien d'heures plus tôt ? De derrière, nue, Éléonore la trouve monstrueuse. Ses cheveux, qu'elle lui a tressés un peu plus tôt parce qu'ils lui tenaient trop chaud, forment un sillon humide collé le long de sa colonne vertébrale. Par-dessus son épaule, Éléonore scrute la nuit qui est tombée sans qu'elle s'en rende compte, à la recherche des lumières de l'embarcation qu'elle appelle de ses vœux. Elle se demande vaguement quelle heure il peut être, depuis combien de temps cela dure, et quand cela va finir. Elle ne voit que l'eau glisser sur la plaine tel un gros ver gluant et grisâtre. Il s'est remis à pleuvoir. Claire a dû sentir son regard qui interroge l'obscurité.

— Ils n'arriveront pas à temps…

— Tais-toi !

— Ils ne viendront pas ! Tu dois m'aider. Je sens que mon corps veut pousser, même si je me retiens.

— Mais qu'est-ce qu'il faut que je fasse ? Je n'en ai aucune idée ! Je ne veux pas !

— Et moi, tu crois que je veux ? On n'a pas le choix ! Léo, je suis morte de peur… Par pitié sois forte, ou au moins fais semblant, sinon je vais pas y arriver.

— D'accord. Pardon.

— Bon, alors je dois pousser à chaque contraction. Tu vas devoir l'accompagner vers la sortie.

— Ça marche.

— Il faudra que tu me dises d'arrêter quand la tête sera visible, pour… pour… Ah !

Claire s'interrompt, se met à souffler avec force en poussant sur ses bras. La tête sort davantage.

— Pour… quoi ? demande Éléonore quand ça s'arrête.

— Pour aider ses épaules à sortir… Ensuite, d'après ce que j'ai compris, le reste viendra tout seul.

Claire se remet à gémir, pliée en deux autour de son abdomen démesuré. Elle réclame une bassine, dans laquelle elle déverse une bile acide. Puis elle se calme un peu.

— Je crois que je me suis fait dessus, murmure-t-elle.

— Pardon ?

— Je me suis chié dessus !

Elles se regardent sans rien dire, puis partent d'un rire hystérique. Claire se détend un peu.

— Attends, je reviens, je vais chercher de quoi nettoyer.

— Je ne comptais pas m'enfuir. Mais on n'a pas le temps, je sens sa tête, il faut que je pousse.

— OK, dans quelle position tu veux t'installer ?

— Si je reste debout, ça ira ? Tu pourrais aller le chercher par en dessous ? Il va falloir que tu regardes comment ça se présente… halète Claire.

Éléonore se glisse sur le sol entre les jambes souillées de Claire. Lève les yeux vers le sexe gonflé d'où dépasse une touffe de poils noirs. Non, ce sont des cheveux, sur une boule qui pointe par un trou qu'elle n'aurait jamais pensé voir atteindre ce diamètre. Elle croit qu'elle va vomir et s'applique à son tour à respirer très lentement.

— Alors, qu'est-ce que tu vois ?

— J'ai l'impression qu'il arrive.

Au-dessus d'elle, nue, Claire agrippe le chambranle de la fenêtre pour se maintenir debout et s'aider à pousser. De toute façon, il n'y a personne dehors, à part l'Allier qui grogne presque aussi fort qu'elle en assaillant les jardinières en pierre de la terrasse, restées vides de géraniums depuis le départ d'Évelyne.

— OK, j'y retourne.

Éléonore est à genoux devant Claire. Elle glisse ses mains le long du ventre qui se tord et se déforme comme si un énorme serpent s'y tortillait. Le ventre de Claire est comme la rivière, dehors, ondulant autour des obstacles sur son trajet. À chaque contraction, il forme une bosse autour du corps de la petite bestiole qui cherche à sortir. Elle descend sa main le long du sillon brun apparu entre le nombril et le sexe de la femme enceinte, trouve le passage humide dans lequel elle va devoir glisser ses doigts pour dégager la tête microscopique qui sort lorsque Claire se met à pousser, puis se rétracte quand elle arrête.

— Je vais pas y arriver. J'abandonne.

— Allez, courage, on y est presque, mais je ne peux pas encore l'attraper. Pousse !

Claire pleure, mais elle continue.

— Aide-moi... supplie-t-elle.

C'est ce que fait Éléonore. Claire ne gardera pas de souvenir précis des minutes qui suivent, pendant qu'elle expulse le bébé entre les mains de son amie. Une sensation, seulement, lui restera : cet instant où, c'est vrai, une fois les épaules passées, tout le reste du petit corps est sorti d'un seul coup. L'image qui lui vient est celle d'un poulpe. Elle a l'impression qu'elle vient de déverser un flot de tentacules visqueux. Le placenta vient dans la foulée. Il n'y a plus rien au-dedans d'elle. C'est fini. Éléonore et elle ne se regardent pas tout de suite.

Elles sont fixées sur le bébé, dans les mains de celle qui l'a accueilli. Quand il se met à vagir, elles fondent en larmes. Claire s'effondre sur le canapé, et Éléonore lui pose son bébé sur le ventre avant de les envelopper de la couverture dans laquelle Claire a passé la nuit précédente, il y a mille ans. Éléonore doit encore couper le cordon ombilical, ce qu'elle fait en craignant de lui faire mal, à lui, le tout-petit, bien qu'elle sache qu'il n'en est rien.

— C'est un garçon, dit Claire.

— J'ai vu.

— Il est parfait, pas vrai ?

— Il est magnifique.

— On dirait qu'il cherche à téter ! Tu crois que je peux essayer de le nourrir ?

— Attends, je vais lui nettoyer le visage.

Éléonore passe une serviette sur le visage de poupée et nettoie les éclaboussures blanches et le sang de sa mère qui lui encombrent la bouche. Le reste attendra. Le bébé glisse sur le ventre et vient cueillir le mamelon dilaté sans même avoir à le regarder, juste à l'instinct. Claire sent la puissance de la succion sur son sein.

— Il est fort !

— Il est vorace, oui !

Éléonore rit, soulagée. Elle rêve de prendre une douche. Il faudra aussi nettoyer ce carnage, en attendant que les secours viennent prendre le relais et transportent la mère et l'enfant à la maternité pour vérifier qu'ils vont bien, qu'elle a tout bien fait. Elle passe la main sur le front de Claire pour écarter les mèches de cheveux qui sont revenues s'y coller. Il y a cette tendresse dont elle ne sait pas quoi faire.

— Bravo, dit-elle.

— Merci.

— Claire…

— Bien sûr. Tu as raison depuis le début. Je vais l'appeler.

Épilogue

2018

Le cimetière de Saint-Yorre se trouve sur les hauteurs de la ville. Les morts n'ont plus à craindre les débordements de l'Allier. Les fondations de leurs caveaux sont solides et sèches, contrairement à celles des anciennes maisons de Verredis, qu'Arnaud a longées pour venir se recueillir sur la tombe de Marc, dire pardon de ne pas être venu plus tôt. Dire adieu, aussi.

Il fait beau. Les arbres qui surplombent les sépultures bruissent des premiers cris d'oiseaux de la saison. Marc est allongé dans un coin solitaire, contre le mur d'enceinte. Arnaud se couche sur le marbre gris foncé qu'il caresse de ses mains calleuses, le regard vers le ciel vide de nuages, tout juste égratigné de quelques traînées blanches d'avions déjà partis ; il sent sous ses doigts la texture liquide et froide de la pierre, essaie de ne pas penser à la décomposition du corps, loin dessous. Les rayons du soleil lui chauffent agréablement le visage. Il demande à

Marc s'il sent le printemps revenu sur la terre, qui verdit l'herbe exsangue au sortir de l'hiver. Il lui parle longtemps. Il sait qu'il ne reviendra pas, et il n'est pas pressé. Il lui raconte sa vie, loin d'ici. Claire, dont les parents les ont rejoints après leur départ à la retraite. Son fils, qui a appris à monter à poney dès qu'il a su marcher. Les cavaliers, les chevaux, Liselotte, à la retraite depuis des années, mais qui va bien, malgré les rhumatismes. Parfois, ils vont encore se promener au pas, tous les deux. Il lui annonce qu'il va se marier, bientôt, que c'est possible à présent. Que c'est plus facile, pour adopter. Qu'il est heureux, qu'il aime. Qu'il ne l'oubliera jamais, que c'est grâce à lui qu'il ne craint plus rien. Qu'il veut tout. L'amour et le reste, mais plus jamais la peur ou la honte. Il peine à s'en aller. Il se lève enfin, tapote plusieurs fois la stèle et glisse ses doigts dans les tranchées dorées du prénom de celui qu'il a tant aimé. Puis il rejoint sa voiture, descend la pente qui surplombe la Colombière, où il a passé la nuit. Il n'y retourne pas, il a déjà dit au revoir, là-bas aussi. Et puis c'est dimanche, jour de brunch. Éléonore et Thibaut ont ouvert leurs portes à de jeunes artistes qui exposent, organisent des concerts, des lectures à voix haute. Ils auront fort à faire.

Arnaud traverse le centre-ville de Saint-Yorre, roule au pas devant la mairie, qui a été remise à neuf. Sur sa façade, un écran diffuse les informations locales, derrière les jets d'eaux qui dessinent des arcs-en-ciel sur la place où la municipalité a fait installer des jardinières en bois. Un jardin collaboratif avec des niches à insectes, sous des tonnelles couvertes de vigne. Dans la rue principale, il y a un salon d'esthétique, une supérette, un mécanicien. L'auto-école s'est agrandie et délocalisée plus au centre. Il y avait la place, avec tous ces pas-de-porte vides à louer, après le départ de l'usine. Arnaud ne reconnaît plus les lieux qu'il a fréquentés, même s'il vivait loin du centre, dans sa ferme, caché aux yeux du monde, mais pas encore assez. Il lui a fallu se faire violence pour revenir, mais ce n'est pas si dur, tout a tellement changé. Il fait le tour de la ville, passe devant les anciens locaux de Verredis, où on a laissé, symboliquement, le centre de recherche et de développement, avec une vingtaine de salariés. Les autres ont rejoint l'usine d'embouteillage, ou, plus loin, à Charmeil, celle de câblage d'avions, de packaging de plastique, et encore plus loin celle où l'on fabrique des sacs à main de luxe qui finiront au bras des Vichyssoises. Il reste encore des emplois pour les ouvriers, dans le coin. D'autres combats à mener, aussi.

Lorsque Arnaud arrive au pont de Saint-Yorre, il décide de descendre marcher un peu le long des berges de la rivière, non loin de l'ancienne maison des parents de Claire. Ici non plus, il ne reconnaît rien. On a dessiné de grandes allées pour les marcheurs du dimanche et les cyclistes. Le sol est lisse, régulier, recouvert de sable orangé, éloigné des haies où se cachent les vipères et les couleuvres d'eau qui pourraient effrayer les promeneurs. On doit encore chercher comment se débarrasser des moustiques. Tout au bord de l'eau, des caillebotis permettent de garder les pieds au sec. On a commencé à construire un bâtiment de tôle et de bois clair. Sur la déclaration de travaux, il voit le projet qui s'annonce, une base de loisirs avec un espace pour food-trucks, une aire de jeux et de pique-nique, un boulodrome propret, une plage de galets.

Arnaud refait le chemin en sens inverse, rejoint sa voiture pour repartir, pour de bon cette fois-ci. Il traverse le pont, que l'on est en train de refaire lui aussi, afin qu'il ne fasse pas tache dans le décor. À travers ses piliers, il jette un dernier regard sur l'esplanade si propre et distinguée. Il se demande quelles mesures ont été prévues, pour le cas où l'Allier viendrait à se répandre sur les installations toutes neuves. Car, sous ses pieds, bien sage, assoupie dans son lit, coulant avec grâce et volupté, la rivière, que l'on a tenté de domestiquer, attend son heure.

Remerciements

Avant tout, je tiens à remercier ceux qui m'ont confié leur précieuse documentation relative au conflit social de l'usine Sediver de Saint-Yorre, documentation dans laquelle j'ai puisé pour être au plus près des événements qui ont agité notre région pendant ces années de lutte et de grève. Merci à vous, Bernadette et Roger Arbaud, n'écoutez jamais ceux qui vous disent de vous débarrasser de vos archives !

Merci à Clarisse Enaudeau, mon éditrice, pour sa confiance. À Françoise Delivet, qui soutient mon travail et m'apporte ses précieux conseils et son amitié.

Merci à Germain Rives, pour sa relecture minutieuse de tous les aspects concernant les soins vétérinaires.

Merci à mon oncle Alain, qui m'a donné le goût du combat social.

Merci à mes parents, pour Héros. Je ne vous l'ai pas assez dit.

Merci à Camille, à nos enfants, pour leur amour et leur soutien sans faille.

À Raphaële G., et à Raphaëlle D., aux amitiés qui comptent.

Les termes liés à l'équitation

Anatomie

Canon : partie de la jambe du cheval située entre le genou, ou le jarret, et le boulet.

Fourchette : partie du pied en forme de V située sous le sabot.

Parage : entretien du sabot.

Sole : partie inférieure du sabot, en contact avec le sol.

La **fourbure** est l'inflammation des tissus du sabot.

Les **guêtres** protègent les canons et les boulets des coups et des chocs pendant l'entraînement du cheval.

Pour présenter le cheval en concours, on lui fait des **pions** : on tresse la crinière en petites nattes enroulées sur elles-mêmes et remontées au-dessus de l'encolure.

Travail du cheval

Le cheval est monté dans une **carrière**, à l'air libre, ou en manège couvert, à l'intérieur duquel un revêtement sur les murs, le **pare-bottes**, permet d'éviter que la jambe du cavalier ne soit en contact direct avec le mur.

Le **paillage** consiste à disposer de la paille sur le sol du box du cheval pour son confort et sa litière.

Longer un cheval, c'est le faire tourner en cercle autour de soi à l'aide d'une longe d'environ 10 mètres de long.

Marcher un cheval, c'est marcher à côté de lui en le tenant par les rênes ou avec une courte longe.

Saut d'obstacles

Barres au sol : barres placées à distances précises les unes des autres, pour travailler la motricité du cheval et du cavalier.

Détente : échauffement du cheval avant une compétition.

Chandelier : tige verticale sur trépied servant de support aux barres d'obstacle.

Croisillon : obstacle formé de deux barres disposées en croix.

Directionnel : obstacle étroit.

Oxer : obstacle composé de deux plans verticaux de barres parallèles, séparés par une distance variable.

Palanque : obstacle constitué de planches superposées.

Un **obstacle regardant** a un profil atypique, qui risque de perturber les chevaux et de provoquer leur refus de sauter.

Lors du franchissement des obstacles, le cavalier peut commettre deux erreurs. En faisant une **georgette**, il précède le mouvement du cheval lors du saut. En faisant un **taxi**, le cheval prend son appel de trop loin lors du saut, le cavalier est en arrière du mouvement.

Galop 7 : diplôme de compétences équestres le plus élevé.

Imprimé en France par
CPI Bussière
en août 2025

Composition et mise en page
Nord Compo à Villeneuve-d'Ascq

#lisez! engagé
www.lisez.com
Pour plus d'information :
Imprimé sur du papier issu de forêts gérées durablement.

N° d'impression : 2086046